PANDEMOS
DIÁRIO DA PESTE

Pandemos © Editora Rua do Sabão

Esta publicação contou com o apoio do Programa de Estudos Comparados de Literaturas de Língua Portuguesa da Universidade de São Paulo/CAPES.

Grafia atualizada segundo o Acordo Ortográfico da Língua Portuguesa de 1990, que entrou em vigor no Brasil em 2009.

Edição: Felipe Damorim e Leonardo Garzaro
Arte: Vinicius Oliveira
Revisão: Ana Helena Oliveira e Lígia Garzaro
Preparação: Leonardo Garzaro

Conselho editorial: Felipe Damorim, Leonardo Garzaro, Lígia Garzaro, Vinícius Oliveira e Ana Helena Oliveira

Catalogação na publicação
Elaborada por Bibliotecária Janaina Ramos – CRB-8/9166

P189

Pandemos: diário da peste / Fabiana Buitor Carelli (Organizadora e Ilustradora), Hélio Plapler (Organizador), Andrea Funchal Lens (Organizadora) – Santo André - SP: Rua do Sabão, 2022.

Outros autores: Ana Beatriz Tuma, Andrea Funchal Lens, Andrea Mariz, Andressa Petinatte, Angela M. T. Zucchi, Carla Kinzo, Carlos Eduardo Pompilio, Cristhiano Aguiar, Dandara Baçã, Davina Marques, Denise Stefanoni, Fabiana Buitor Carelli, Fabiana Corrêa Prando, Gustavo H. C. Fagundes, Hélio Plapler, Henrique Moura, José Belém de Oliveira Neto, Lígia Bruni Queiroz, Liliane Oraggio, Lucélia Elizabeth Paiva, Milena David Narchi, Paulo Motta Oliveira, Rita Aparecida Santos, Rosely F. Silva, Samara de Moura, Silvia Cariola, Simone Leistner, Tatiana Piccardi, Vera Lucia Zaher-Rutherford

136 p., il.; 14 X 21 cm
ISBN 978-65-86460-36-0

1. Diário. 2. Pandemia. 3. Coletânea de textos. I. Carelli, Fabiana Buitor (Organizadora e Ilustradora). II. Plapler, Hélio (Organizador). III. Lens, Andrea Funchal (Organizadora). IV. Título.

CDD 808.883

Índice para catálogo sistemático
I. Diário : Pandemia : Coletânea de textos

[2022]
Todos os direitos desta edição reservados à Editora Rua do Sabão
Rua da Fonte, 275, sala 62 B,
09040-270 — Santo André — SP

🌐 www.editoraruadosabao.com.br
❶ / editoraruadosabao
◉ / editoraruadosabao
◓ / editoraruadosabao
ⓟ / editorarua
◯ / edit_ruadosabao

PANDEMOS
DIÁRIO DA PESTE

Organizado por

Fabiana Buitor Carelli,
Andrea Funchal Lens e
Hélio Plapler

2020

Prefácio

Apresentação

E foi assim que tudo começou... — Lucélia Elizabeth Paiva

19 de março — Fabiana Prando

21 de março — Ana Beatriz Tuma

02 de abril — Milena David Narchi

02 de abril — Andressa Petinatte

27 de abril — Andrea Mariz

01 de maio — Vera Lucia Zaher-Rutherford

04 de maio — Henrique Moura

07 de maio — Carlos Eduardo Pompilio

17 de maio — José Belém de Oliveira Neto

24 de maio — Fabiana Buitor Carelli

02 de junho — Angela M. T. Zucchi

06 de junho — Lígia Bruni Queiroz

26 de junho — Rosely F. Silva

27 de junho — Samara de Moura

15 de julho — Simone Leistner

08 de agosto — Denise Stefanoni

28 de setembro — Davina Marques

03 de dezembro — Andrea Funchal Lens

09 de dezembro — Liliane Oraggio

18 de dezembro — Davina Marques

21 de dezembro — Cristhiano Aguiar

24 de dezembro — Dandara Baçã

30 de dezembro — Paulo Motta Oliveira

31 de dezembro — Gustavo H. C. Fagundes

31 de dezembro — Hélio Plapler

2021

22 de janeiro — Carla Kinzo

09 de março — Silvia Cariola

10 de março — Rita Aparecida Santos

26 de maio — Vera Lucia Zaher-Rutherford

30 de junho — Vera Lucia Zaher-Rutherford

05 de julho — Tatiana Piccardi

Prefácio

O gesto da linha e a semiose da vida

Maria Zilda da Cunha

No princípio era o ponto – informação máxima no mínimo – forma primordial – de que tudo pode ser gerado – potencialidade em estado Primeiro. Presentidade. A linha, como um ser invisível, é rastro do ponto em movimento (Kandinski, 1975: 21-30). É, pois, do deslocamento do ponto no espaço que se gesta a linha. Ela promove um salto para o dinâmico, assim como a vida.

As direções que toma nem sempre coincidem também com experiências do mundo visível. Mas, seguramente, em sua tensão, é a forma mais densa e concisa da infinidade de possibilidades do movimento.

A linha e a vida carregam em si uma referência ao tempo, posto serem produto de um movimento - do ponto para alguma direção. Indicam, analogamente, desse modo, sempre um percurso que irá ligar duas porções da experiência conforme diria Charles Sanders Peirce – Secundidade, agora – existência. Formas que passam da indeterminação para a determinação. Eis a linha e a semiose da vida em ação.

Com efeito, caminhando no tempo, é possível ver a linha através da história da arte (seguindo ensinamentos de Oliveira, 1995), assim como é possível mirar faces da vida através da história humana, e mesmo relacioná-la às nossas emoções e estruturas de pensamento. O que seria a linha na renascença? Projeção de um tempo linear, ou concepção de espaço-tempo absoluto, busca de ponto ideal. Mas o estilo pictórico, que fez as formas se dissolverem na penumbra, revelam nas formas imprecisas a perda da função delimitadora da linha numa visão em massa, em organização espacial não sequencial, simultânea e intercambiável, que viriam a compor a forma barroca ou impressionista. Uma concepção relativista e a simultaneidade do movimento mostram-se possível. Não há apenas caminho linear, tampouco ponto ideal, mas perspectivas múltiplas – não há ilusão de o mundo ser réplica do visível.

Se a linha insiste em seu retorno, Van Gogh traduz essa volta pelo transbordamento emocional – sem a exigência da pura racionalidade, da concisão da reta - são as curvas espiraladas, as garatujas infantis, as marcas da força dos gestos que marcam a subjetividade. O surrealismo subverte o absoluto dos padrões racionais. Mas como falar da linha no Dadaísmo? Na Pop Art? Na Bauhaus, nos Parangolés de Oiticica? Ora, a linha transfigura-se, na sua reconstrução a partir de pontos de intersecção de planos espaciais, investiga e cria protótipos para execuções futuras. Ela retorna como pontos de luz, tal como na tela de TV, do computador. Pontos de luz feito composição pontilhista, propiciando dupla visão: dos átomos-luz da forma de vibração contínua e da linha que à distância se recupera com maior fixidez e mais definição de figura, geometria das constelações e dos vórtices energéticos da matéria na Física Quântica, assim como bits informacionais de que se vale a digitalização. Há sensação de continuidade e de definição. Fluxo e refluxo no tempo e no espaço. Com seu retorno pela tecnologia, ela nos devolve simulacros da realidade. Terceiridade sígnica – a tecnologia inteligindo nossas formas. O universo nos lê. Há uma semiose da mente que nos une tal como a trama de um fio traçando pontas do universo, das mais rudimentares à mais complexas. E nós, enquanto humanos, mantemos uma busca incansável: a de encontrar esse mistério da vida através da imagem. Em reflexos menos ou mais aperfeiçoados da verdade que a arte, a tecnologia e a ciência nos concedem. Assim, traçamos rotas de compreensão dessa semiose.

O ponto é a forma mais concisa do tempo; na concepção de Kandinski, é a última e única união do silêncio e da palavra. É o não--ser na fluidez da linguagem, a ressonância do silêncio. Mas seu movimento constrói a ponte entre um ser e outro de cujo deslocamento se faz a narrativa humana a tecer-se por linhas entrecruzadas. Assim, nossas vidas alinhavam-se ao longo da história com extraordinário rigor e inquietante fidelidade. Retorno e transmutação fazem parte dessa tessitura. Defoe há trezentos anos nos legou o *Diário do Ano da Peste*. Na época, a falta de uma vacina ou cura para a doença leva o escritor a recomendar doses generosas de moderação, cautela e sensatez. Causa-nos espanto, nesta época de inauditos recursos tecnológicos e da ciência, o fato de que tenhamos de reler algo deixado para nosso proveito em momento de crise sanitária.

"Que Deus nos ajude."

Pandemos não se faz com metáforas, tampouco de rigorosa descrição das cenas de desespero frente à morte, mas busca penetrar na materialidade do vivo e na comunicabilidade a que só o cotidiano tem acesso, para dele extrair uma semente do admirável, que a linguagem do poético detém, colocá-lo a nu para provocar uma espécie de transplante da sensibilidade de que necessitamos neste momento. Aqui agenciamos a lição de Peirce sobre a Estética, cuja teoria é uma ciência que tem por tarefa indagar sobre es estados de coisas que são admiráveis por si, perscrutar metas e ideais que descobrimos porque nos sentimos atraídos por eles, e empenhando-nos na sua realização concreta. Esse é modo de entender que um alto grau de liberdade do humano está no empenho ético para corporificar a razão criativa do mundo. É no admirável que ciência e arte se unem quando da militância de um trabalho eticamente engajado.

Em síntese, este é um momento em que o design da vida não é apenas questão da ciência, da arte ou da tecnologia. Desse modo, seguramente, é o chamamento do admirável que deve ser ouvido para fazer vibrar e crescer a razão criativa no seio da vida. Os diários, aqui dispostos, bordam nossos anseios, paixões e medos. Aliam-se a Defoe com doses generosas de moderação. Nossas vozes alinham-se para calar a estridente força de uma doença capaz de interceptar ações da linha da vida, de destrançar o nosso tecido humano.

Ao fim e ao cabo, se quisermos refletir, reservam-se a nós tarefas entre as quais a de encontrar, nas palavras de Didi-Huberman (2016: 45), "sinais de inquietação no coração de nossas alegrias presentes, bem como possibilidades de alegria no coração de nossas dores atuais".

Referências:

DIDI-HUBERMAN, Georges. *Que Emoção! Que Emoção?* São Paulo: Ed. 34, 2016.

KANDINSKI, Wassily. *Ponto, linha, plano.* Lisboa: Edições 70, 1975.

OLIVEIRA, Maria Rosa. O gesto da linha. *Revista Face,* Programa de Comunicação e Semiótica, PUC-SP, v.4., 1995.

PEIRCE, C. S. "Escritos Coligidos". In: *Os pensadores.* São Paulo: Abril Cultural, 1974, vol. 36.

Apresentação

Em maio de 2020, aproximadamente dois meses após o início da quarentena devida à pandemia da COVID-19, nós, os membros do GENAM-USP, estávamos, como todos afinal, isolados e perplexos.

Havíamos iniciado um seminário teórico quinzenal e transdisciplinar na Faculdade de Medicina da USP em fevereiro — interrompido.

Não podíamos ministrar cursos, não podíamos nos reunir para partilhar leituras — todos em compasso de espera.

Foi então que um telefonema mudou tudo.

Uma das participantes do GENAM, membro de longa data do grupo, estava desanimada, sem estímulo.

Fiquei preocupada.

Pensei — como acolher, como cuidar, como oferecer um continente a todas essas sensações e emoções, ao sentido de perda, de mundo à revelia, de navio sem leme dos membros do meu grupo? E me lembro de também ter pensado: acho que a arte talvez possa ser uma resposta a isso.

Desse pensamento, nasceram o Book Club do GENAM e também o *podcast* Ciência Poética. Tentativas de "retornar ao básico". De reafirmar a certeza de que a arte e a literatura têm, sim, o poder de figurar, configurar, nossa experiência humana, conferindo a ela um sentido. Ainda que precário. Mas válido.

No Book Club, produzido *on-line*, a proposta foi, ao longo da primeira temporada (junho a dezembro de 2020), a de lermos juntos textos literários (entre prosa e poesia) que tematizassem doença e saúde, especialmente relacionados a males infectocontagiosos. Começamos e terminamos com a peste negra, do *Decameron* de Boccaccio a *Um Diário do Ano da Peste*, de Daniel Defoe. Mas também falamos da tuberculose e da pólio, do câncer e da loucura, da malária e da COVID-19.

Foi uma viagem de aprendizado e partilha!

Agora, os palestrantes e membros do Book Club — 1ª temporada apresentam aos leitores os seus registros do primeiro ano da COVID — o *seu* diário da peste.

Organizados na cronologia dos dias, eles representam uma visão — a nossa visão, tão particular — da pandemia, nos sentidos peculiares que nos são próprios e que nos foram dados a experimentar nesse ano difícil.

Pandemos (Πάνδημος, em grego antigo) significa "aquilo que é comum a todas as pessoas". Era um dos epítetos de Afrodite, enquanto inspiradora dos amores vulgares, carnais, mundanos.

Acredito sinceramente que, enquanto humanidade afligida pela COVID-19, sejamos todos, sim, vulgares, carnais e mundanos. A doença nos atinge, igualmente, a todos. A esperança é fazermos, dessa experiência, um sentido.

Que Afrodite, a deusa da beleza e da (re)criação amorosa da vida, nos resgate do Hades comum e cotidiano que a pandemia nos tem feito visitar.

Que possamos viver.

Fabiana Buitor Carelli
Coordenadora do GENAM-USP e do Book Club

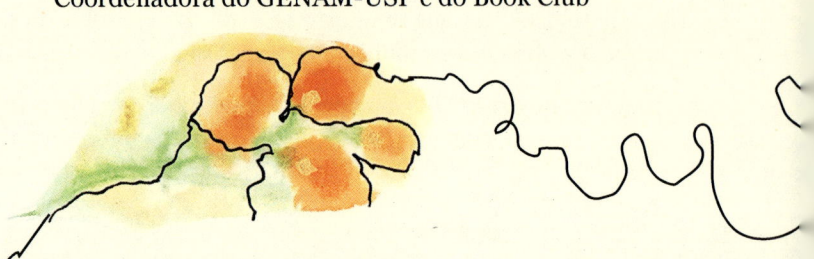

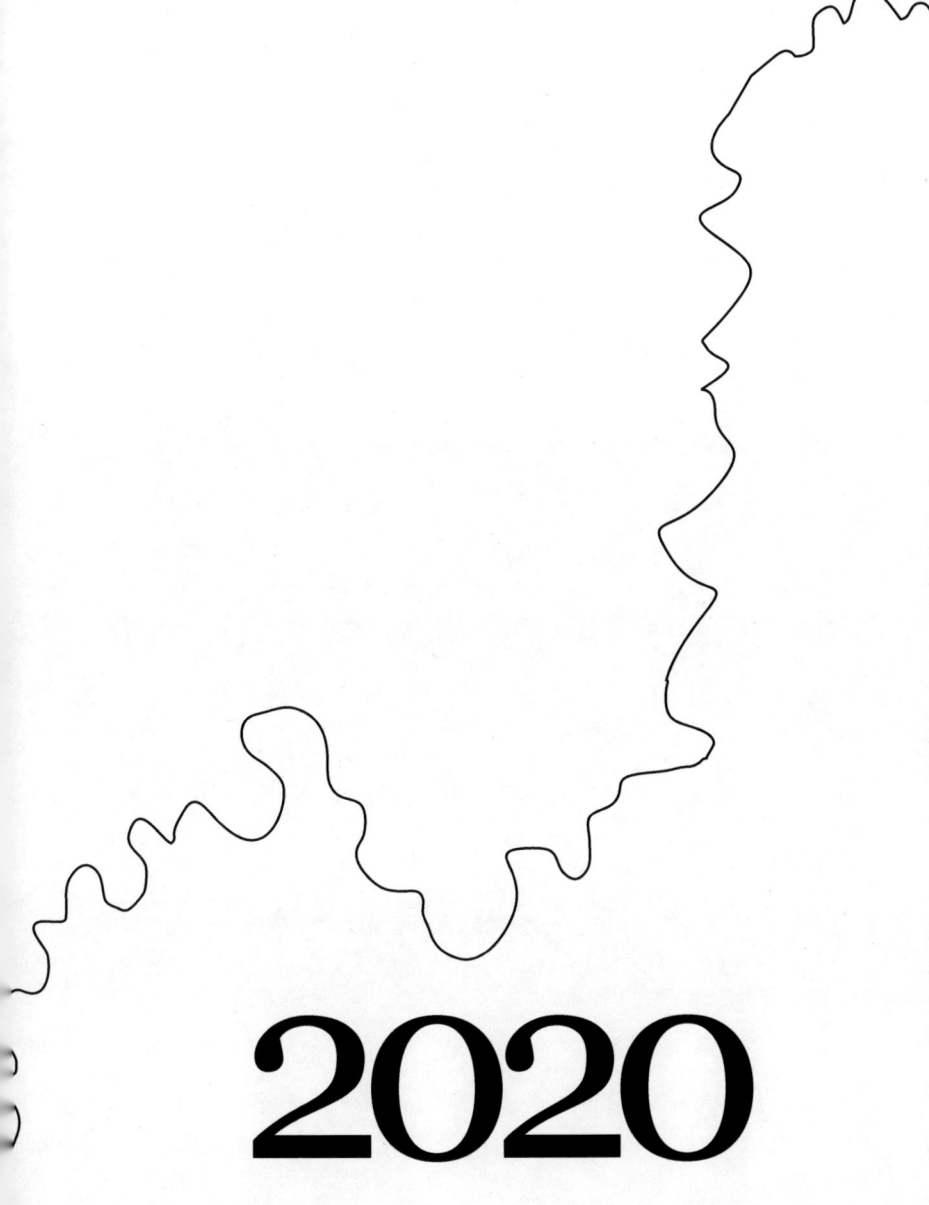

2020

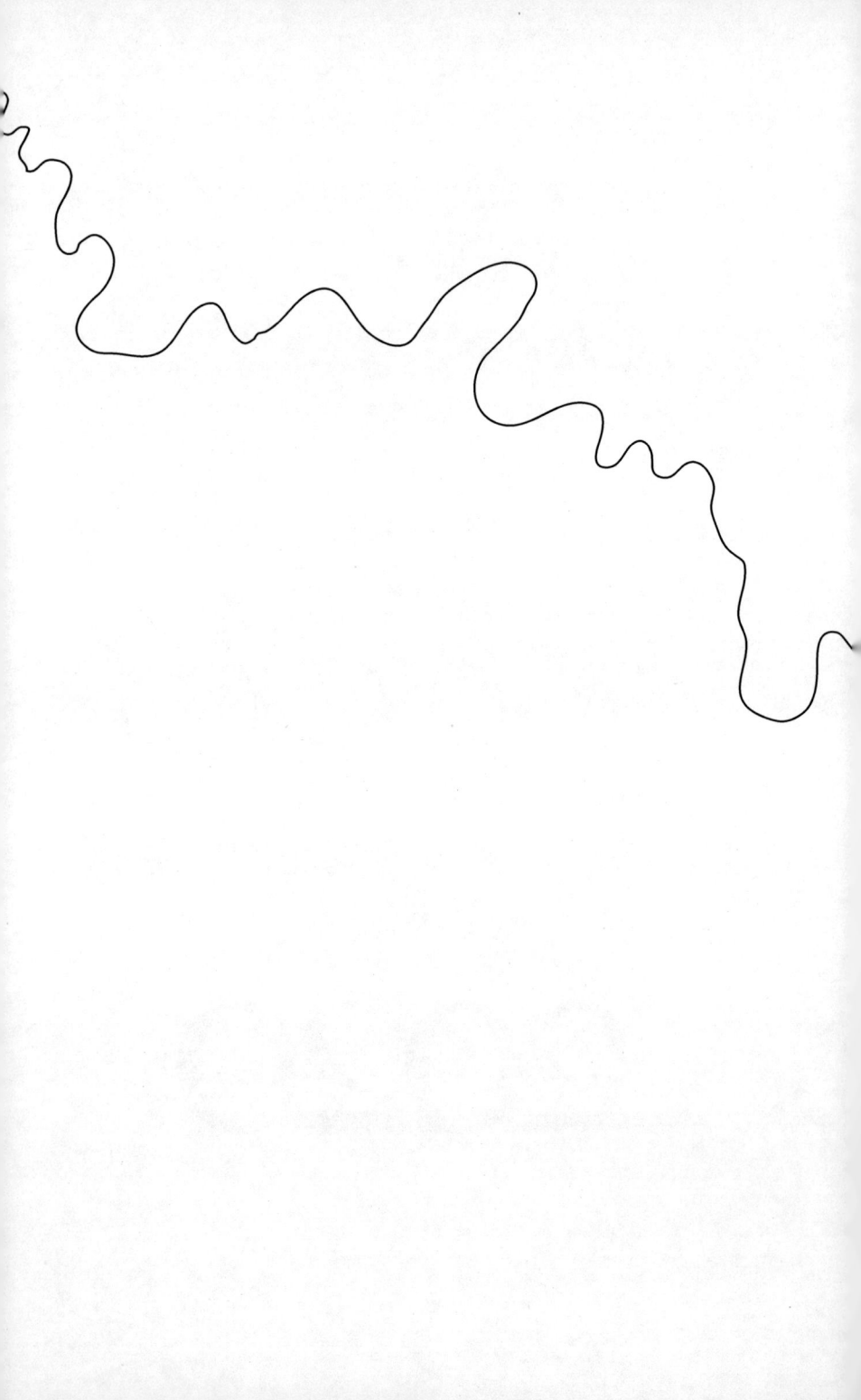

E foi assim que tudo começou...

Lucélia Elizabeth Paiva

Saudade e o abraço... Foi isso que mobilizou o desejo do encontro.

Tenho um grande amigo, muito querido, o Guto, que mora em outra cidade e há muito tempo não nos encontrávamos. Mas, naquela semana, ele viria para São Paulo e encontramos, naquela sexta-feira, uma brecha em nossas agendas para um encontro, com um café e um abraço, para conversarmos sobre livros, desejos, projetos, afetos...

Que delícia!!! Finalmente estaríamos juntos, por uma eterna horinha.

Mas... São Paulo é uma surpresa. Sexta-feira, o céu nos surpreendeu com uma chuva não prevista, o trânsito complicou e nosso encontro, mais uma vez, não aconteceu. Mas tudo bem... fica para a próxima! E quando será a próxima???? Ah... um dia!!!

Nunca perdemos a esperança do encontro que... um dia aconteceria.

No entanto, o tal coronavírus que já aterrorizava o resto do mundo, finalmente chegou e, na terça-feira seguinte, foi decretado o distanciamento social por 15 dias, que nunca imaginávamos que viraria um tempo indeterminado. Pandemia!!

Naquela noite, liguei para o Guto e logo perguntei: E agora... quando acontecerá nosso abraço?

Conversamos por longo tempo refletindo sobre o momento, o desconhecido, o quanto nos aprisionamos na falta de tempo, sobre o "sentido" — a necessidade de sentido para o enfrentamento às adversidades. E como não podia deixar de ser, como em todos os nossos encontros, falamos sobre livros. E para essa ocasião, mencionamos Viktor Frankl e refletimos sobre sua obra *Em busca de sentido*. Conversamos longamente sobre a necessidade de dar sentido a esse momento.

Dias depois fui surpreendida com o telefonema de meu querido amigo convidando-me a dar continuidade à nossa rica conversa, mas sugerindo que a fizéssemos publicamente, pelo Instagram, alegando que nossa motivação (a falta do encontro e do abraço) era uma questão de uma coletividade e não algo pessoal.

Até então, nunca tinha feito uma *live* e aceitei o desafio.

Foi uma experiência única, sensível, espontânea, empática. Várias pessoas acompanharam e participaram desse encontro, que foi o primeiro, dando início a tantos outros e a criação de várias ações solidárias, juntos e separados.

Além de várias *lives* falando sobre o momento atual, oferecendo recursos para lidar com a ansiedade frente à pandemia, ao distanciamento social, ao adoecimento, às mortes e, principalmente, à falta de possibilidade de participar de rituais de despedida, decidimos por abrir um grupo de reflexão sobre o livro *Em busca de sentido*.

Foi criado um grupo, por plataforma digital, com ampla participação de quase 100 participantes, de pessoas variadas, de várias localidades do Brasil e, inclusive, do exterior.

Esse grupo estava previsto para acontecer em 4 encontros, semanais, para discutir trechos previamente estabelecidos da referida obra. Foram encontros que apresentaram riqueza e profundidade nas discussões, com amplo envolvimento dos participantes.

Para nossa surpresa, ao finalizar o período estabelecido, grande parte desse grupo solicitou a continuidade dos encontros, referindo os benefícios que recebiam com as reflexões baseadas na literatura sugerida. Esses encontros se mantiveram por sete meses, quando foi observado que o grupo acabou se configurando numa rede de apoio.

Foram momentos com ricas reflexões sobre medos, angústias, ansiedades, sobre a vida e sobre a morte, sobre enfrentamento, aprisionamento, autonomia, protagonismo, empatia, compaixão, acolhimento, distanciamento, isolamento, solidão, solitude, felicidade, possibilidades, cuidados, encontro, desamparo, fé, sentido, ressignificação...

Quando os temas pareciam se esgotar, o grupo não queria colocar fim aos encontros. Vínculos foram criados entre pessoas que nem sequer se conheciam pessoalmente. Sentimento de pertença. Acolhimento. Corações aquecidos.

Diante das solicitações, sugeriu-se novas leituras para que os encontros fossem continuados. Isso ocorreu por mais três meses, com reflexões a partir de textos mais curtos, mas não menos importantes, de livros escritos para o público infantil.

Como trabalho com literatura como recurso terapêutico (principalmente a literatura dita "infantil"), selecionei alguns títulos que julguei que cabiam para o momento pandêmico e do grupo, tais como *A cicatriz* (abordando as histórias vividas que nos deixam marcas), *Vazio* (como lidar com o vazio e como torná-lo fértil), *O ponto* (protagonismo, empoderamento e autoestima), *Margarida Friorenta* (cuidados), *A árvore generosa* (relações, cuidados, doação); *O frio pode ser quente?* (várias formas de ver a mesma coisa) ...Foram momentos de interiorização e amorosidade, crescimento, vinculação, enfrentamento e doação.

Em nosso último encontro falamos sobre o abraço, trazendo textos, poesia, música — recursos que sempre permearam e fortaleceram o grupo nesse momento atípico, ameaçador, que tirou a vida de muitos, acolhendo cada participante num abraço simbólico, principalmente àqueles que passaram por perdas significativas.

Ao longo desse período, ofereci outras ações solidárias envolvendo a utilização de literatura, música e atividades de expressão criativa. Organizei workshops: *Havia uma pedra no caminho* — para trabalhar os pesos/as pedras que carregamos na vida; *Chamando Dona Saudade para me fazer companhia* — para refletir sobre o peso da saudade e como torná-la mais leve; *Relembrar é viver* (em Finados) — para trazer à memória aqueles que já não convivem conosco e ressignificar a despedida daqueles que amamos, principalmente neste momento em que nem sempre é possível dizer adeus.

E assim passamos esse primeiro ano de pandemia, onde a ordem era a proteção e a prevenção, reforçando a necessidade do distanciamento social. Verificou-se, assim, a possibilidade do distanciamento social sem o isolamento afetivo.

É possível sentir-se acompanhado apesar da distância. É possível suprimir a solidão quando a proposta é a solidariedade.[1]

---

[1] Livros mencionados no texto: Em busca de sentido — Viktor Frankl; A cicatriz — Ilan Brenman; Vazio — Anna Llenas; O ponto — Peter H. Reynolds; O frio pode ser quente? — Jandira Masur e Michele Iacocca; A cidade dos carregadores de pedras — Sandra Branco; Dona Saudade — Claudia Pessoa; Margarida Friorenta — Fernanda Lopes de Almeida; A árvore generosa — Shel Silverstein.

19 de março

Fabiana Prando

Minha filha, você já esteve no inferno?

O quadro do meu pai se agravou consideravelmente após a cirurgia e a bolsa de colostomia trouxe um desafio a mais para ele e também para minha mãe. Descobri, surpresa, que dou conta do cuidado e limpeza com facilidade e vejo nesses momentos uma oportunidade nova de vínculo com meu velho.

Passamos Natal e Ano Novo na emergência do ICESP, o CAIO. A liberação de quartos para os pacientes da hematologia é um desafio e depois do que vivemos no final do ano, ir para o hospital só em último caso. Mas na prática as coisas não são bem assim...

Na noite do domingo, 15 de março, minha mãe não suportou os apelos do meu pai que, queixando-se de falta de ar, foi levado ao CAIO e lá permaneceu internado. Soube do ocorrido na segunda-feira, 16, pela manhã e fiquei enfurecida pois neste mesmo dia foi notificada a primeira morte por Covid 19 no Brasil (ocorrida em 12/03). Eu urrava no telefone com a minha mãe, pensando no perigo a que todos estavam expostos, não somente meu pai, mas ela também...

Precisava tirar meu pai de lá. Precisava honrar a promessa que fiz a ele quando o linfoma foi diagnosticado, vamos atravessar o processo juntos. Não posso deixar meu velho sozinho naquela enfermaria. A primeira resistência a ser vencida era minha mãe que insistia que ele precisava dos cuidados médicos. Ela permanecia firme ao lado dele e garantia que o próximo da fila para um leito na hematologia era o velho e que isso levaria, no máximo, dois dias. Os dois dias se passaram e o leito não foi liberado e acompanhantes e visitantes não seriam mais permitidos a partir de sexta-feira, 20/03. Encapetei!

Ele sairia dali na quinta-feira de qualquer jeito. Da minha casa, confinada, falei com todos os responsáveis pelo telefone. Minha mãe e meu irmão caçula assinaram a papelada e eu me responsabilizei pela saída do meu pai. O que tiver que acontecer será conosco, juntos. Foi dramático. Meu irmão deixou sua moto na minha vaga e pegou meu carro emprestado. Meu pai foi liberado na noite do dia 19. Chegaram à porta do meu prédio por volta das 19h.

Peguei a direção e meu pai, no banco do passageiro me olhou nos olhos e disse:

— Minha filha, você já esteve no inferno?

— Não, pai — respondi.

— Pois eu estou voltando de lá.

21 de março

Ana Beatriz Tuma

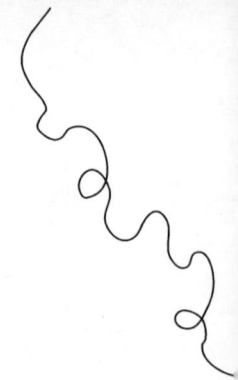

O sábado amanheceu nublado em São Paulo, refletindo o estado de meu espírito. No último dia 11, a Organização Mundial da Saúde declarou a pandemia do novo coronavírus. Há pouco, o governo de SP determinou quarentena para todos os 645 municípios do estado a partir do dia 24.

Antes disso, "quarentena" era uma palavra pouquíssimo presente em meu vocabulário, usada, por exemplo, para falar sobre uma mulher em seu período pós-parto. Agora, ela não só está em meu vocabulário como também adentrando toda a minha rotina.

Entendendo o significado desta palavra, posso arriscar dizer que serão cerca de quarenta dias em que teremos de nos distanciar fisicamente de outras pessoas para conter a circulação do novo coronavírus, apesar de suspeitar que pode ser mais do que isso. Será um esforço coletivo para que os hospitais não sejam sobrecarregados de doentes e sejam evitadas mortes por falta de leitos.

Logicamente, as aulas na USP foram suspensas. Como meu namorado, Felipe, e eu fazemos doutorado lá, decidimos cumprir a quarentena em Minas Gerais junto às nossas famílias. Afinal, será um tempo relativamente curto e é sempre bom ficar perto de mãe, pai e irmã, além de ver sogra e sogro.

Passamos a manhã organizando as coisas. É tão estranho isso. Ainda outro dia compramos as passagens aéreas para a semana da Páscoa, agora em abril. Amanhã, vamos por terra mesmo de volta ao interior de Minas Gerais.

O almoço foi preparado e comido (ou melhor seria "engolido"?) ao som da *live* que ocorreu ontem do cientista *youtuber* Átila Iamarino, especializado em virologia. Desde antes de a pandemia se instalar no Brasil, ele tem feito um trabalho extraordinário de divulgar o desenrolar diário da Covid-19 para a população em geral em seu canal pessoal do YouTube e em diversos outros meios de comunicação.

O clima da *live* é pesado, assim como a própria situação pandêmica que começamos a enfrentar. O cenário do vídeo é escuro. Átila veste preto e usa um tom muito sério. Sinto que está triste, cansado e meio que anuncia um luto coletivo.

Já no início do vídeo, ele avisa: "Se você está ansioso, estressado ou muito preocupado com o que está acontecendo, recomendo pular esta *live*, não a assistir por agora, porque vai ser uma conversa com números e uma conversa com números que conta um cenário que não é muito legal". Eu só pensei: preciso saber a real, mesmo que aumente minha preocupação.

Ainda agora me arrepio só de lembrar da *live*: uma catástrofe pode ocorrer no Brasil se nada ou quase nada for feito para conter o vírus. Há estimativa de um milhão de mortos(as). Um milhão! Meu Deus! E dentre eles(as) pode estar pelo menos alguém que conhecemos. Pelo menos.

Já olho para minha família, amigos(as) e vizinhos(as) com um olhar diferente. É claro que nunca sabemos quando alguém vai partir, mas hoje é como se a morte rondasse à espreita, é uma situação de guerra contra um inimigo que não podemos ver ou ouvir. Não sabemos, de fato, se ele está se aproximando de nós, se vai invadir nossa casa, nosso corpo. Se se aproximar, como será? Vai nos levar algo ou alguém? Eu não sei e tenho medo de tudo o que está por vir.

À tarde, Felipe e eu decidimos comprar, na farmácia, algumas coisas que faltavam para a nossa viagem. Quando estávamos chegando de carro no estabelecimento comercial, uma senhora apareceu do "nada" e quase foi atropelada. Ela parecia bem assustada.

Descemos do automóvel conversando sobre isso. Estávamos ainda no estacionamento quando um rapaz deu uma ré com o carro e quase nos pegou. Uma mulher ao lado dele deu um berro de desespero. Eu só pude gritar: "Está tudo bem! Todo mundo está 'assim'!". Assim como? Acho que pensei no *Ensaio sobre a Cegueira*, do escritor português José Saramago. É como se todo mundo tivesse sido atingido por uma cegueira branca e tentasse tatear a realidade. A dura realidade que tem se desenhado à nossa frente.

Dentro da farmácia, havia faixas no chão. Marcavam a distância à qual as pessoas deveriam estar umas das outras. Os(as) atendentes estavam de máscara. Havia álcool gel para onde se olhasse. Alguns medicamentos já estavam em falta, inclusive um de que eu precisava. Tudo bem, deu para substituí-lo.

São Paulo parecia mesmo se preparar para uma guerra. Além de alguns medicamentos, determinados alimentos estavam em falta. Os shoppings e praças estavam vazios. Pessoas usavam máscaras nas ruas.

Foi diferente o anoitecer hoje. Os sons pareciam estar mais ruidosos. As cores mais sombrias. O ar que entrava pela janela do apartamento carregava um cheiro úmido de saudade. Não sei explicar direito.

Pego o último livro que faltava e, antes de colocá-lo na mala, me olho no espelho. Talvez quando eu voltar não seja a mesma moça. Talvez nenhum(a) de nós passe ileso(a) pela pandemia. As mudanças já estão acontecendo. Fecho a mala e me ponho em oração por dias melhores.

02 de abril

Milena David Narchi

Comecei a recordar tudo o que eu havia vivido, escutado e refletido sobre a notícia da pandemia. E, como um filme, seguem os meus pensamentos... O mundo parou. A notícia de um vírus que foi descoberto com alto poder de contágio e capaz de provocar inúmeras mortes. Inesperado, de forma abrupta, invade e destrói o que os homens acham que controlam. A vida! O poder! O soberano não é o dinheiro, os cargos e as viagens. Mas, sim, a COVID-19. O inimigo invisível e sem alvo certeiro para atacar. Onde ele está? Pode estar em quaisquer lugares, superfícies, ar... Todo lugar e nenhum lugar. O que pode acontecer? Será que vou morrer? Qualquer um pode morrer! Quando? A qualquer momento. O que é? Ninguém sabe! Como se transmite? Hipóteses??? E o tratamento? Não existe. A vulnerabilidade humana é exposta e esgarçada como num fio no qual o malabarista segue para não cair... Cair pode significar não se levantar jamais. Perder as pessoas, ter que elaborar os lutos, as dores, ficar hospitalizada e o isolamento... Quanto vai durar? Ninguém sabe. Como se previne? Máscaras e álcool em gel. Sorrisos escondidos, abraços apartados, vida que segue aonde? Por onde? Quem morrerá? Quem sobreviverá? A desorganização do universo vai levar a uma nova organização e ordem. Frente a todos esses enigmas, sentei no jardim, isolada, e comecei a observar a natureza. Sábia, elegante e livre. O vento trazia a brisa e o frescor. Os pássaros continuavam a voar, livres, dançando no céu. E agora, os humanos, isolados e presos. O intenso verde e o colorido das plantas inundaram de vida o que parecia inerte. A vida existe e está aqui. Presente.

Qual é o tempo que se sucederá? Não sabemos. Parece suspenso. Sem planos e expectativas. A existência pulsa. É o momento presente. A natureza segue em seu ciclo de nascimento e morte contínuos.

E a vida continua... Como poder acolher as nossas indagações e cuidarmos de nós mesmos?

O telefone tocou e era uma antiga amiga do primário:

Eu estou com um problema bem delicado. A minha mãe tem câncer e é paciente de risco. Não sei se você ainda se lembra, tenho mais dois irmãos e cada um tem uma opinião diferente e medos em relação à pandemia. Estou trabalhando numa enfermaria e dando plantões no hospital aqui no interior. Ninguém sabe o que é esse vírus e temos que isolar todos os pacientes. Não tem tratamento e é muito provável que aqueles que os acompanham no hospital peguem a doença e possam vir a falecer. Não sabemos como cada corpo reagirá, mas, sim, que a velocidade de contágio é rápida. O vírus é cruel e mortal. Eu queria continuar trabalhando e fazendo uma das coisas que mais amo que é cuidar dos pacientes. Agora, mais graves e evoluindo para UTI, em isolamento sem receber visitas. Nós somos suas famílias no momento e contam conosco no cuidado não só do corpo, mas do emocional e espiritual também. Fazemos videochamadas e não sabemos se é a última vez que falarão com seus familiares. Alguns se despedem, pedem perdão, agradecem, e o médico lá. Com o telefone nas mãos, o coração apertado, hora dispara angustiado, ansioso, embora feliz por mais um ato de cuidado prestado e missão cumprida. Mas estou com medo. Me sinto paralisada. É como se uma parte minha não desse mais conta. No limite. A exaustão além de física é emocional. Piorou após a conversa dura que meu irmão teve comigo. Se você continuar indo para o hospital e trazer esse vírus para casa e a mamãe morrer a culpa é sua. Você decide ou vai morar com alguém, sai de casa ou do emprego. Eu estava presenciando muito sofrimento e vendo familiares e amigos contraírem a doença. As pessoas do mundo inteiro estavam em risco. E, a culpa é minha, se minha mãe morrer? Não pode ser dele por ter transmitido? O que eu faço? No momento estou ligando para conversar com muitas pessoas que conheço e trocar experiências de vida. E, também, conversando com vários colegas a respeito. O que farão? Mas carregar o peso de algo que possa acontecer sem que tenha controle...

    A culpa será sua?? Como assim?!

    Seu celular tocou e a convocou para mais um plantão.

    O telefonema me evocou nossas conversas de infância e logo emoções e pensamentos dispararam em mim. Eu também estou atendendo no hospital e igualmente escuto muitas vivências de morte, dor, medos e culpas. As questões reverberam na minha mente. Quem sobreviverá? Quem morrerá? Quantas vidas se vão? Quanto tempo que durará? Qualquer um pode morrer, não é? A ideia da morte fica mais próxima e vou perdendo muitos pacientes, alguns familiares e conhecidos. E se eu contrair a doença? E se transmitir para os meus familiares? E se a minha mãe falecer? Para cuidar de mim e dos outros, vou continuar a investir em mais sessões de análise, meditação e técnicas de relaxamento.

    Amanhã...

02 de abril

Andressa Petinatte

Acordei às 8 horas e 8 minutos e depois de cinco horas, ainda eram 9 horas. É. Os fusos são confusos e o tempo se atrasa. Todo dia sobram mais minutos do que no dia anterior. E com eles, passei um café a mais do que ontem. Entre a urgência da chaleira quente, e a furadeira no andar de cima, escutei o caminhão com a mudança dos novos moradores. Todos os dias, pessoas vêm em vão. Se mudam pra aqui, pra Espera, na expectativa de que dê certo essa ideia de suspender a vida.

Sim, Espera é um lugar. Um lugar com céu de um azul que chega a ser uma afronta para quem não pode sair de casa. Apesar de tanta gente vivendo aqui, tudo parece um tanto vazio. É como se cada um vivesse dentro de uma Espera só sua. Pra quem vê de fora, parece tranquila, contemplação. Mas só quem a habita sabe que aqui é um lugar de ar rarefeito, que falta, que aperta o peito.

Esperança faz fronteira com Espera. Mas não se vai de uma para a outra de um jeito fácil. Há na ida, uma curva que sobe e só se pode vencê-la se houver muita vontade. Na direção contrária, a subida vira ladeira e o trajeto pode ser feito com a vontade de quem parece ter desistido. Na linha imaginária que as divide há um pico íngreme, de trajeto irregular com um platô e nele um mirante que nunca permite avistar os dois lugares ao mesmo tempo: enquanto de um lado se Espera, de um outro ponto de vista, Esperança.

Viver em Espera angústia. Se na Esperança, o Medo não habita, aqui ele é vizinho. Ele acorda, assombra, paralisa. É inconveniente. Apareceu esta noite no sonho, pela manhã na saída de casa, a tarde na chamada telefônica com meu pai. E volta todos os dias com o telejornal pra repercutir números em eco. 1208. 84. 1208. 84. 84. 84. 84...

Ainda assim, há quem se acostume pois enquanto do lado de fora o Medo ronda e faz barulho, dentro, ainda há silêncio. É onde se pode viver os lutos. É também onde se pode botar a cabeça nos livros e a casa em ordem. Tem quem veio observar o tempo e tem quem usou o tempo pra aprender a fazer pão, costurar máscara, ouvir música. Espera tem dessas. Pode ao mesmo tempo ser espaço de não-saber e espaço de cura que faz passar cólica, dor de cabeça, coração machucado.

E ainda que existam lugares menos incômodos, sigo mais um dia em Espera. Porque se Esperança é lugar cheio de futuro que ainda não existe, a Espera é cheia de agora, que por hoje, é o que nos resta.

27 de abril

Andrea Mariz

Querido diário, todos os dias são iguais e por isso tenho me ausentado. A princípio, escrever para/em você parecia trazer algo de normalidade, mas nem espanto tenho mais... continuo trabalhando de casa e as reuniões virtuais trazem uma certa organização aos dias úteis: acordar, tomar café, reunião, almoço, reunião, jantar, assistir alguma série em família, ler um pouco, dormir... no final de semana fico perdida. No meio de tudo isso, cozinhar, lavar e limpar.

Sei, para você, que ouve ou lê, pode parecer até um dia feliz e ocupado, mas sinto falta de sentir o sol na pele (ele só chega pela janela), de sentir falta de casa... é muita presença e sinto falta de estar ausente. Não há espaço para não estar.

Amanhã será uma data especial — aniversário de Marcelo, 50 anos. Celebrar a existência nunca fez tanto sentido, apesar de vivermos quase sem perceber. Estaremos vivos na próxima comemoração? A dúvida é cada vez maior. O presente nunca foi tão presente — o amanhã é tão incerto. Isto é ruim? Não sei... ao invés de não fazer, resolvemos fazer — tudo que podemos, apesar de não ser muito. A cada bolo uma foto! A cada final de dia, quando podemos olhar para a mesma tela, desfrutamos da presença entre nós.

Deixe-me voltar ao dia de amanhã. 50 anos!!! É o trigésimo quinto aniversário de vida dele que passamos juntos. Minha intenção era ter feito uma festa surpresa épica, o que me deixa em uma situação cômoda e econômica... sou péssima em organizar festas e o dinheiro está cada vez mais difícil de ganhar, mas tive uma ótima intenção — e neste momento a intenção valerá pela realização.

Planos para amanhã: café da manhã na cama, almoço em família (o que significa as 2 filhas e meus pais) e, no final do dia, um bolo chique e calórico com uma videoconferência com os amigos. Antes de dormir... está bem, não entrarei em detalhes, mas está tudo planejado.

Voltando a olhar para os planos, considerando a tristeza que vemos na televisão, parece tudo tão normal e feliz! E será, pois como já lhe disse, nos restou tentar ser feliz hoje e agora ou desistir... Nossa opção é continuar. Nossas filhas lembrarão deste dia no futuro? Estaremos todos juntos em outros aniversários? E você, querido diário, dirá a elas tudo que vivemos antes, durante e depois da pandemia?

Espero voltar a escrever para e em você em breve. Não desista e não se feche.

01 de maio

Vera Lucia Zaher-Rutherford

Querido Diário

As campanhas

Pensei muito nestas últimas semanas e é preciso fazer algo. Não posso ficar paralisada tentando entender o que ninguém ainda entendeu bem. Estou trabalhando muito, mas também pensando muito. O que é tudo isto? O que é estar no meio de uma pandemia?

Resolvi dar rumo para algumas coisas visíveis paradas. Iniciei pelas campanhas. São muitas mas é preciso determinação para se chegar ao fim delas ou tentar conseguir dar cabo delas. Resolvi fazer campanhas de término de objetos consumíveis como shampoos, chás a granel, mostarda, temperos.

Elas não se esgotam do dia para noite mas é preciso disciplina e rotinas para que elas ocorram.

Assim, os shampoos de visitas a hotéis foram para o chuveiro. Alguns podem pensar que sou acumuladora mas quando os kits de *toillete* são da marca L'Occitane, é muito difícil você não querer levá-los para casa e eles vão se somando e crescendo, para uso em uma ocasião especial ou uma próxima viagem que você não se utilizará de hotéis. E eles vão se acumulando num canto de armário, na cesta que começa a transbordar e não caber mais. Resolvido estava e assim comecei o uso sistemático deles nos banhos diários.

Juntamente com isto surgiu a necessidade de dar um destino a todos os chás a granel que também tinha em casa pois me tornei a depositária natural da família e amigos para tal. A justificativa é que não querem mais fazer chás que precisem utilizar de peneiras e sim só de saquinhos, sendo mais prático e fácil. Eu nem questionava e falava — pode mandar, eu uso. Entretanto, da mesma forma, foram se acumulando no armário da cozinha e a pandemia reavivou esta necessidade de colocar a vida em movimento — tomar chá a granel é uma delas.

Procurei e descobri que haveria mais uma campanha a ser iniciada — a da mostarda. Há décadas sou apaixonada por diferentes tipos e misturas de mostardas e com isto meu presente oficial das pessoas que viajavam eram potes de mostarda. Tenho de várias partes do mundo e com vários sabores e tipos mas certamente o consumo é muito menor do que a quantidade que o armário possa suportar. Acho que darei conta pois com a pandemia e estando mais em casa, novos pratos estão sendo elaborados na cozinha e certamente minhas mostardas estarão no meu pensamento. Mas também sei que estas serão as mais difíceis de terminar. Devo começar — mãos à obra.

Tenho um longo caminho pela frente e é possível que novas campanhas surjam, sem que hoje eu saiba exatamente quais seriam.

04 de maio

Henrique Moura

O terço

O sol já forte, antes das sete da manhã, atravessa a cortina fina e me acorda. Meio sonolento, vou abrindo os olhos e tirando a máscara de dormir que agora sem sentido algum protege meu cabelo. Lembro-me que caso queira sair, essa será apenas a primeira máscara que precisarei usar. Máscaras e álcool em gel, novas realidades que já me inquietam antes mesmo que eu possa pensar em qualquer outra coisa.

Procuro o celular e vejo notificações de um portal de notícias sobre a morte do compositor Aldir Blanc, causa mortis: COVID-19. Havia lido algumas informações sobre sua saúde, a correria atrás de um hospital. Impressionante como os artistas, de uma maneira geral, parecem receber sempre menos do que merecem. Um quadro de Van Gogh como parede de um galinheiro. Os três leitores de Nietzsche. Retiro dos artistas... Coloco a Elis Regina para cantar "O bêbado e o equilibrista", no YouTube, minha forma de homenagear artistas quando morrem. Não havia um mês que tinha escutado "Acabou chorare", Moraes Moreira... "O show de todo artista tem que continuar".

Mais um dia começando com uma sensação mórbida. De março para cá tudo ganhou ar de morte, ir ao mercado pode ser fatal, encontrar alguém pode ser mortal. Quando morre alguém que conheço apenas pelas telas, a morte parece estar mais próxima. Acho que isso deve acontecer com todos que tiveram a forte presença da televisão na infância. As pessoas naquela caixinha parecem ser da nossa família. Acordavam conosco, almoçavam, dormiam e, quando não raro, insistem em aparecer até hoje nos nossos sonhos, mesmo que tenhamos trocado a tela da televisão pela do celular.

A morte agora parece um viajante que retorna depois de muito tempo e quer abraçar a todos e levá-los para algum lugar. Levar para onde? Levanto para tomar café, quando termino de preparar a tapioca e o chá, vejo no Twitter que morreu o ator Flávio Migliaccio. Será que foi dessa doença? Que dia sinistro, meu Deus! Não é nem meio-dia ainda. Olho pela janela a rua vazia. Um carro ou outro passando e, curiosamente, todos os motoristas que vi estavam ao celular. Entrando para o segundo mês de pandemia, sem saber aonde isso vai acabar.

Não estou com vontade de assistir nada, de ler nada, de ouvir nada. A vida parece que quis nos encaixotar, tudo foi ficando estranhamente quadrado. Janelas, telas, janelas. Começamos a nos sentir quadrados. Mas também mais conectados uns aos outros, como se estivéssemos num jogo em que dependêssemos mutuamente de cada um.

Embora a cabeça queira oscilar, as meditações têm sido mais intensas e as percepções estão mais aguçadas. Recebo uma mensagem no WhatsApp: Dona Dita morreu. Minha vizinha na infância, primeiro caso de alguém conhecido. As coisas parecem ruir e a cabeça gira em intermináveis círculos, a vida virou uma incógnita. Depois de tanta interiorização não estou me aguentando mais. Tenho duas qualidades para vinte defeitos. Decido que vou mudá-los quando isso tudo tiver passado. Terei coragem?

Volto à janela para ver se o horizonte me anima. Lembro de Belo Horizonte. Lembro de Minas Gerais. Lembro do meu avô. Lembro do Guimarães Rosa. "As pessoas não morrem, ficam encantadas." Lembro do meu avô que morreu e da Dona Dita que morreu e do Aldir Blanc que morreu e do Migliaccio que morreu e do Moraes Moreira que morreu. O Guimarães Rosa morreu. Morreu ou ficou encantado? Lembro da COVID, lembro de quando a vida era e de quantas vezes eu não vivi a vida. Lembro do meu avô, da COVID, da Dona Dita, do Aldir, do Miglia...

Mais tarde, parei um pouco e me sentei no sofá, refletia, olhando os detalhes do tapete misturados com grãos de poeiras trazidos pelo vento. Será que depois da morte as pessoas sobem mesmo como nos filmes? Com a morte da Dona Dita uma parte da minha infância parece querer ir embora. Agora estou com quase trinta anos e aquelas lembranças são de décadas atrás. Ela achava que eu seria padre, porque rezava o Pai Nosso nas novenas, dizia que me daria um terço de presente. Às vezes, quando algo que depende de mim não vai bem, fico triste, levo um fora, perco dinheiro ou me desentendo com alguém, penso que isso está acontecendo por não ter seguido o meu destino: Ser padre. Nunca ganhei o terço dela e nem de ninguém. Levava uma vida tão difícil, tantos filhos, depois tantos netos, tanto trabalho, lógico que não teria tempo para comprar o terço para aquele menino. Podia parecer filme de terror ou de espiritismo, mas enquanto pensava nessas coisas, tive a impressão de que o tapetinho da porta de entrada estava se mexendo. Fiquei congelado no tempo. Até criar coragem de olhar para ver se não era apenas impressão. De fato, o tapete estava se mexendo sozinho. Foi para a direita e depois para a esquerda. Completamente atônito, olhava aquele movimento e, por fim, o tapete veio para trás. Será que era a Dona Dita trazendo o terço? O coração parou de bater tão rápido, como numa suspensão de tempo, e percebi que um papel havia sido empurrado por debaixo da porta: era a conta de energia. Trazia luz ou lembrava que a vida continuava?

07 de maio

Carlos Eduardo Pompilio

Hospital das Clínicas, 14:34

Olhou a declaração de óbito a sua frente e foi preenchendo mecanicamente os campos. Escolaridade? Segundo grau completo. Puérpera? Sim. Bebê de um mês, contara-lhe a técnica de enfermagem. Recebeu assistência médica. Sim, ele mesmo fornecera grande parte, ou tentara, sabe-se lá... Quando chegou ao campo das causas da morte, parou um pouco. Pensou que documento estranho este! A causa última, a que realmente levou a paciente à morte é a primeira a ser preenchida. Cravou Síndrome Respiratória Aguda Grave. Logo abaixo vem o campo da causa da causa da morte e assim por diante, num total de quatro. Enquanto preenchia pensava como um papel como este e sua racionalidade fisiopatológica baseada em relações mecanicistas de causa-efeito que outrora tanto progresso trouxeram à medicina seriam capazes de "significar" o desaparecimento precoce de uma pessoa? Era uma ideia estranha e por mais que tivesse preenchido inúmeras declarações iguais àquela, isso nunca lhe ocorrera antes.

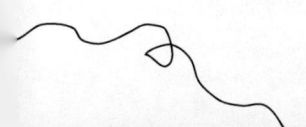

A caneta ficou suspensa, sem encostar no papel. Assim como a respiração, por alguns instantes. Os olhos piscando freneticamente. As perguntas que se seguiram vieram como uma rajada. O significado da extinção de totalidades humanas em suas derradeiras e trágicas possibilidades que não são outras senão aquelas que nos defrontam com nossa própria finitude, não são nada fáceis de se apreender. Seria justo cobrar da ciência médica a atribuição de significados aos padecimentos humanos? Significados não-médicos? Sim, morreu de Covid-19, doencinha sacana. Aprendemos com essas mortes. Salvaremos outros. Obrigado. Adeus. Mas, se, como arguiriam alguns, a atribuição de significados não é papel da ciência, por que insistimos em solicitá-los a ela? Por que simplesmente não abraçamos o absurdo?

Retomou a lucidez que repentinamente lhe escapara e terminou de preencher o documento. Carimbou. Pediu a um colega que assinasse em conjunto. Seria cremada. Ao fogo pertenceria seu destino agora. Entregou a declaração à enfermeira responsável e foi para o refeitório. O café refervido no copo de plástico branco, quase tão fino quanto a membrana amniótica em que nascemos envolvidos, fumegava. Fez uma careta e engoliu o líquido amargo. Não usava açúcar. Nem freios ou contrapesos no pensamento.

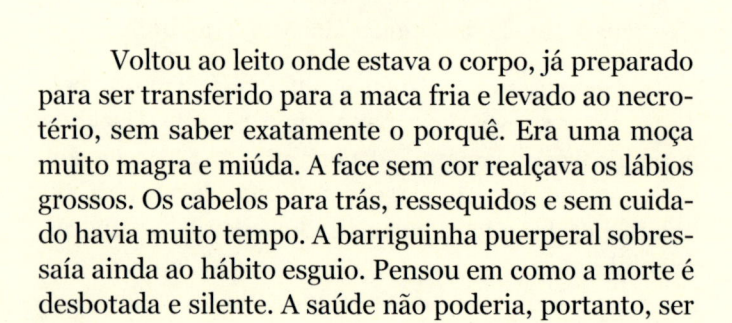

Voltou ao leito onde estava o corpo, já preparado para ser transferido para a maca fria e levado ao necrotério, sem saber exatamente o porquê. Era uma moça muito magra e miúda. A face sem cor realçava os lábios grossos. Os cabelos para trás, ressequidos e sem cuidado havia muito tempo. A barriguinha puerperal sobressaía ainda ao hábito esguio. Pensou em como a morte é desbotada e silente. A saúde não poderia, portanto, ser apenas a vida no silêncio dos órgãos. A ela pertenceria também uma determinada "discrição nas relações sociais" como queria Georges Canguilhem, discrição cuja ausência abre, por sua vez, o espaço necessário para que a doença possa gritar. Estridentemente. Como um bebê de um mês esperando pelo peito que não virá jamais. O médico, anti-herói do absurdo, ouviu todos esses gritos e foi. Passar o plantão.

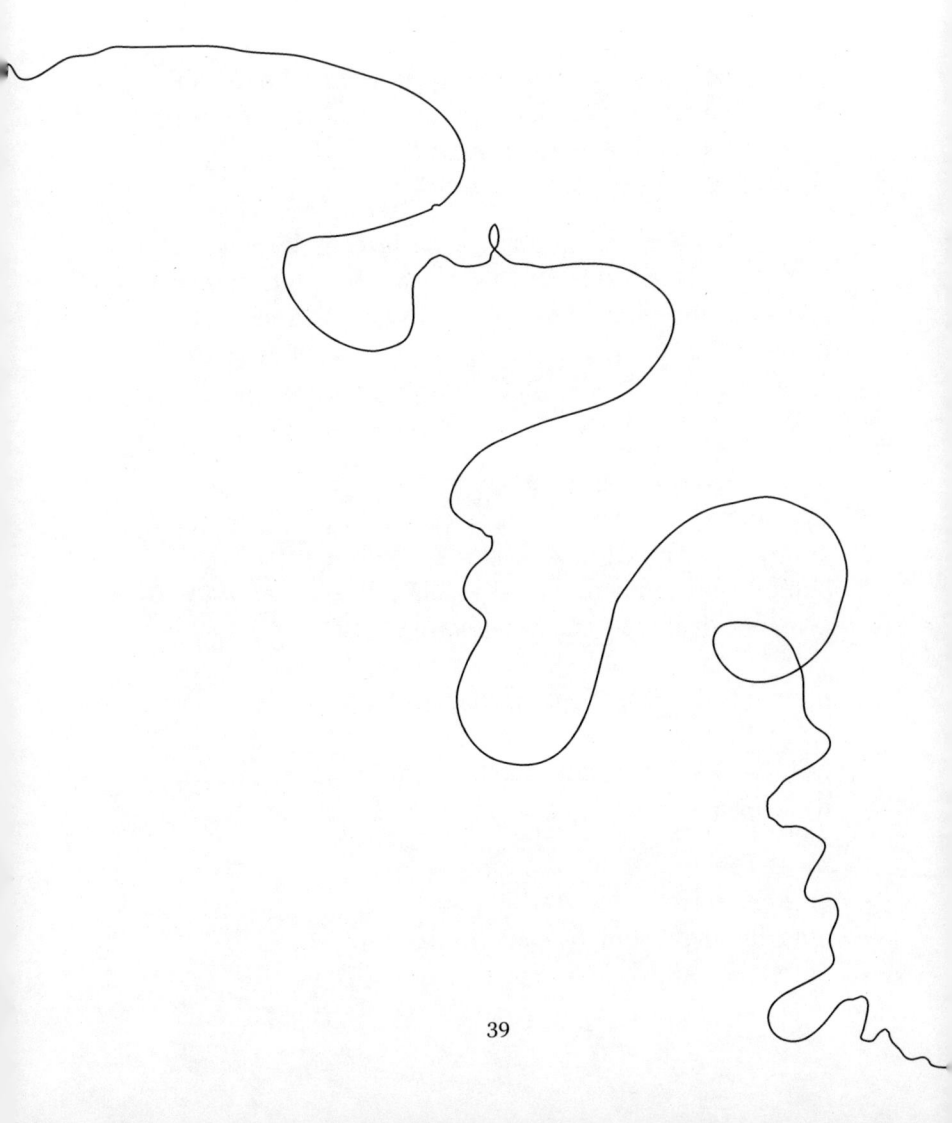

17 de maio

José Belém de Oliveira Neto

Rotina

Cinco horas da manhã, amanheço em mais um dia de vida remota, on-line, virtual, à distância; distante de tudo e todos em prol de lutar contra essa coisa que está aí fora, esse vírus.

— O que será que tenho de fazer hoje? reflito. Logo esse pensamento passa e vem a cabeça que ontem não fiz minha rotina de exercícios físicos. — Hoje tenho de fazer! Decido. Levanto e no espelho do banheiro começo o ritual. Olho no fundo dos meus olhos e penso, — Vai, ânimo, vai se exercitar! — Antes, um café!

Depois do esforço físico, 6:30 da manhã, exausto, tomo uma ducha para aliviar a tensão e o calor. Já faz 30 graus, que Saara! Hoje será literalmente um inferno meu home office no novo normal — aliás, diga-se de passagem, que definição feia. Novo normal! Isso aqui é anormal! Como podem designar essa situação de uma nova normalidade? Sou adepto de novidades, mas considerar normal um estado que temos pouca liberdade de decidir, é difícil. Esse isolamento compulsório é uma luta, mas a tecnologia fria e sem gosto, até que acalanta e satisfaz.

Tenho algumas reuniões on-line, talvez mais tarde terei uma live com amigos para tomar um vinho. Afinal, hoje é meu aniversário! Nossa, que desânimo essas lives, mas "é o que tem" para garantir a nossa segurança e a dos outros também, mas que é ruim é, sem dúvida.

Entro na primeira reunião, após 1h30 já estou com o traseiro dormente de ficar sentando nessa cadeira horrível. — Preciso de uma cadeira melhor, mas com valor das cadeiras hoje em dia, me vai todo o valor da poupança! Mas é preciso investir, penso. Após a terceira reunião, não estou mais com cabeça para nada, além do traseiro que lateja, agora meus olhos não conseguem focar; e esse calor, e essa reunião que não termina. Vou longe por um instante, começo a pensar sobre o que eu teria feito 12 meses atrás na data de hoje. Lembro que eu estava no trabalho esperando me chamarem para um café com bolo, tradição no departamento. Depois, mais tarde, no mesmo dia, me aglomerei — outra palavra de alta frequência nesses tempos — com uns amigos em um bar na Rua Guaicuí em Pinheiros. Que saudades! — Ah, mas hoje teremos um *live* de vinho, penso alto. Super animado! Na verdade, nem um pouco. Essa falta de contato, como é insossa!

— E você Mário, o que acha do desenho do novo projeto? Mário? Você está aí? Ouço uma voz de longe.

— Sim, sim, eeehhhrr... rããnn... Eu dei uma olhada, mas ainda preciso checar melhor alguns pontos para certificar que estou contente com o novo modelo. — Quando vocês precisam dessa resposta? Salvo pela retórica, pensei! — Mande quando puder, melhor se for hoje! Responde rispidamente a voz eletrônica do outro lado. Aceno com a cabeça e concordo em voz alta.

— Você está mudo Mário! Protestam fazendo caricatura!

— Ah, desculpem, não percebi que silenciei o microfone!

Após a gafe, penso: — Está aí um excelente invento, o poder de silenciar e também ser silenciado ao alcance de um clique! A tecnologia é maravilhosa, mas fria e insensível. Como é frio ao toque esse laptop, quando aquece (*overheating*) é porque já não presta. Muito inumano!

Pausa para o almoço, aproveito para dar uma olhada nas notícias na TV. Não dá para assistir, só se fala em peste, peste, peste, a peste! Passo o olho nos grupos de *WhatsApp* e redes sociais, mais sobre a peste. Já não aguento mais ouvir e tão pouco ler sobre ela. E essa onda de cientistas e profissionais de saúde formados via redes sociais e grupos virtuais? Com toda vênia, essa pandemia também tem seu lado divertido.

Volto para tela e começo meu frenesi de checar e-mails, ler relatórios, falar ao telefone, rever metas, falar com clientes por *conference call*, e participar de mais reuniões *on-line*. Começo a voltar a sentir a dormência no traseiro, já estou há 10 horas olhando para essa tela. — Não suporto mais, chega! sentencio.

Levanto, olho pela janela, já está escurecendo. Deixo o olhar se perder na vista da janela e avisto um pássaro que passa rápido em direção ao matagal. Ali perto correm o córrego e os carros. Esses últimos, nunca param de passar, e mesmo com a peste à solta, o movimento persiste. Reflito o quanto de vida estou perdendo nesse isolamento, passo o tempo todo atolado nos afazeres e notícias fúnebres e negativas dos efeitos da peste. Uma tristeza profunda começa a envolver-me. Reflito: — O que fizemos para passar por tudo isso? Será que de fato estamos assassinando o mundo como nosso consumo desenfreado? Será nossa falta de empatia? Será que é castigo divino? — Desse último, duvido, o divino tem mais o que fazer, além disso também deve estar correndo desse vírus!

Respiro fundo, tento me focar como sugestão de um *live* de yoga que participei em um dia destes. Respiro, inspiro, respiro, inspiro. — Ainda bem que estou vivo!

Finalizo o dia na *live* de vinhos para comemorar meu aniversário. Bebo 2 ou 3 taças. Durante a *live* conversas com telas, ouvindo vozes eletrônicas sobrepostas, risadas com *delay*, ninguém se entende! Sorrisos, tristezas, conversa fria, estrangeirismo... — O que significa *hangout* mesmo? Pergunto. — É um tipo de meeting... uma reunião, apresentação, sabe; responde uma voz eletrônica. O pior de tudo é o fim da festa sem abraços, afagos, sem bolo, sem cheiro, e sem toque! Esse anormal!

Dia 18 de maio de 2020, 5:00 da manhã, amanheço em mais um dia de vida remota, on-line, virtual, à distância; distante de tudo e todos em prol de lutar contra essa coisa que está aí fora, esse vírus...

24 de maio

Fabiana Buitor Carelli

Todo mundo tem um quarto do Barba Azul em casa.

Não. Melhor: toda mulher tem um quarto do Barba Azul em casa.

Todo quarto do Barba Azul tem uma mulher em casa?

Toda mulher? Todo quarto?

Bom. Não sei.

Eu tenho.

Descobri hoje, conversando com a Grande Rainha Perséfone, minha amiga. Que tenho um quarto do Barba Azul em casa.

Ai.

Isso dói.

Dói porque, sabem? Essa foi a história mais apavorante da minha infância.

(E a gente fica, assim, guardando a história na cabeça? Guardando o quarto em casa? O quarto do pânico??)

E, olhem: minha infância foi entupida de histórias. Índios chorosos, pais assassinos, princesas pequenas, menores ainda do que os pistilos de uma flor. Torneiras de asneiras. Reis-peixes, minotauros e labirintos, galinhas operárias, lobos famintos, gatos e cães aproveitadores. O Reino das Águas Claras.

Histórias.

Mas dessa história. Dessa, em especial. Eu fugia.

Escondia o livro grande, de capa azul, no fundo do armário. Embaixo dos cobertores. Em cima do faqueiro de prata presente da minha avó.

Livro de capa azul. Azul, como a Barba do fulano. Enterrado no fundo do armário. Como o palhaço apavorante do quadro que dava febre. Enterrados. No armário.

Mas. De vez em quando. Ia lá. Entreabria o livro.

E eles estavam ali.

Ilza. O Barba Azul.

As irmãs.

As chaves...

"Sangue! Deus meu, é sangue coagulado!"

"Desce logo, mulher!"...

E a gravura. Aquele homem, aquele velho. As mãos esganando, subjugando a mulher. A faca brilhando por sobre a barba. Azul.

Hoje. 24 de maio. Mais de três meses de confinamento. Agitação insana nas instâncias da pós-graduação da USP. Choro e ranger de dentes com Ricardo em casa, *homeschooling*, ele em "surto", eu sem saber como ser mãe, professora, terapeuta, cuidadora, disciplinadora, gente, aprendiz de atleta, coordenadora, orientadora, professora, provedora, sonhadora, todas as doras do mundo e etc., iniciando um trabalho com histórias sobre pestes, pandemias e prisões do corpo, começando a pensar o podcast, descobri, finalmente, que tenho um quarto do Barba Azul em casa. Que tem sangue. Cadáveres. Mulheres degoladas (mulhereS?).

Pedaços esquartejados de mim.

Assim meio *"Parts and Service"* do jogo *Five Nights at Freddy's* do meu filho.

(Aliás, quanta semelhança, não? Robôs metálicos possuídos por espíritos de crianças assassinadas.

Esperem aí: robôs metálicos possuídos por espíritos de crianças assassinadas?)

Percorro o caminho até o fundo da casa.

"Cuidado, Ilza, é perigoso... cuidado... cuidado..."

O quarto me pergunta, tipo Carlos Drummond de Andrade: trouxeste a chave?

Observo as pilhas de papeis, misturadas à cesta de DVD's, em cima das caixas e mais caixas de livros, caixas e mais caixas e mais caixas e mais caixas... Tem mofo na parede — muito mofo. As caixas deram cria e invadiram a área de serviço (ai ai ai *"parts and service"*...) e o ex-banheiro de empregados, onde também passaram a morar a árvore de natal encaixotada, os enfeites, a chanukiá do Ursinho Pooh bem preservada no seu isopor original, as rolhas das garrafas de vinho, o aspirador de pó e outros utensílios.

02 de junho
Angela M. T. Zucchi

Minhas anotações diárias — hoje, em São Paulo

Onde estou? No quarto do filho mais velho, um dos meus lugares de trabalho desde o início da pandemia quando todos nós fomos obrigados a realizar as atividades externas em casa, estudos, *home-office*... fomos nos adaptando e já estamos no quarto mês. Meu filho do meio, primeiro ano na FEA, não teve tempo de vivenciar as atividades de bicho, mas os professores se empenham nas aulas pelo ZOOM e os alunos veteranos conseguem envolver os novos nos grupos de extensão. Minha filha, último ano do Ensino Médio, preparando-se para o vestibular, somente com ensino remoto, sem convivência com os amigos que não verá mais no próximo ano. Filho mais velho está na Itália, em intercâmbio da Escola Politécnica/USP para POLITO, em Turim. Saudades!

Estar sempre em casa fez a percepção de passagem do tempo mudar. Em abril, troquei minhas anotações em diversos lugares pela minha criação de 'arquivo digital mensal'. Este aqui. Estamos no segundo dia do mês de junho. Hoje a cor do dia é ocre com efeito *wordart*. Todo início de mês abro um novo arquivo word e vou copiando, colando, anotando tudo, brinco com as fontes, alguns recursos do word. Anoto minha *to do list*, que vai sendo copiada ou apagada conforme (não) consigo cumprir minhas tarefas, despejo meus pensamentos, desabafos, dúvidas... acabou virando uma espécie de diário-memo-agenda. Mas não descarto como agenda o *Google Calendar*, que agora se tornou essencial para as reuniões por videoconferência! Abro a agenda, clico no link da reunião... *eccoci qua* online, todos conectados! Sem trânsito, sem perrengue de estacionamento, resolvendo assuntos pragmaticamente em tempo menor, pois correndo os olhos no canto inferior esquerdo da tela, ficamos de olho no relógio. Sim, há coisas boas no isolamento, devemos enxergá-las! Ao menos, tento.

Passamos a viver 'entre telas' desde março. Trabalho, estudo, divertimento, aprendizados, encontros... Além da tela do notebook, ficamos também nas telas dos celulares. *WhatsApp* virou a salvação dos relacionamentos sociais. Todos confinados, todos conectados e sofrendo a falta de reencontros. Todos, quero dizer, os privilegiados que podem trabalhar com pensamento, escrita, fala e tecnologias, como eu que sou professora-pesquisadora-tradutora. Não há isolamento para quem está na linha de frente nos hospitais, nas empresas de transportes e em outras atividades essenciais. Por eles, devemos ficar em casa.

Já estamos em junho e ainda não digeri o mês de março. Foi um mês muito estranho...Vivi duas realidades: uma a do descobrir a gravidade da proliferação da COVID-19 na Itália, onde estão meu filho, os primos octogenários de meu pai e meus colegas docentes de italiano, com quem mantenho contato através dos grupos que criamos; e a outra, aqui no Brasil, entre grupos do *WhatsApp* de amigos de infância, de mães, de família estendida. A primeira realidade era de tensão, sofrimento e mensagens cômicas "distensionantes", enquanto a segunda era de deboche e descrença no que estava por vir. Em casa, já falávamos e continuamos a falar todos os dias com o filho mais velho. Graças a Deus, ele está bem!

Hoje, recebi um meme engraçado de meus colegas italianos. Dizia: *Marzo: tutti virologi; Aprile: tutti economisti; Maggio: tutti parenti.* A brincadeira está no fato de ser permitida visita a parentes. Sim, "permissão" porque na Itália a restrição de circulação nas ruas é total. Saindo de casa, a pessoa precisa carregar um formulário chamado *autocertificazione* preenchido com o lugar de destino para justificar a saída. Há multa se não há motivo justificado e permitido. Entre os grupos de *WhatsApp* há muita piada sobre essas normas, os grupos viraram o lugar das brincadeiras, conversas e desabafos.

Também recebi o link de um lindo vídeo *Io siamo noi — Noi siamo l'Italia*. Um "vídeo encorajador", com texto de Mauro Berrutto, mostrando a beleza da Itália e comemorando a *Festa della Repubblica*, 02.06, data em que os italianos votaram pela república, e não pela monarquia, em um plebiscito em 1946 quando terminou a guerra. Colo aqui o link para rever um dia, quem sabe no ano que vem, em 02.06.2021!

https://www.facebook.com/watch/?v=1288193154905184

Outro vídeo interessante enviado pelos meus colegas professores é dos *Poeti fuori dal coro — Le rughe* https://www.youtube.com/watch?v=2S0xfXyoUSg comecei a assistir, muito linda a recitação, mas não terminei. Anoto para não esquecer, porque senão fecho as guias e depois me esqueço de entrar no Youtube. Aqui é minha memória digital em ordem cronológica!

Memória para não esquecer esses dias que ficarão para a história. Naqueles primeiros meses, entre familiares, amigos, pessoas com quem eu conversava sempre pelos grupos *WhatsApp*, havia uma desconfiança de que não era "tudo aquilo que falavam", que na Itália o povo morria porque era uma população de idosos, que os políticos estavam se aproveitando para enfiar a mão no dinheiro público pelas brechas abertas pela "emergência" (disso não duvido) e que o ministro da saúde estava exagerando. Hoje o jornal indica a curva de óbitos em ascensão: 974 mortes em sete dias. Estamos chegando a quase a 30 mil vítimas fatais. É mais que toda a população de minha pequena cidade natal morta. Imaginando todos de minha cidade, Brotas, mortos. Arrepio.

Quase não consigo ler ou ver jornal, mas me forço a fazer isso porque minha tendência seria só escolher as "coisas belas". Na Folha de S. Paulo leio a manchete: "Trump ameaça reação militar diante de onda de protestos". Mais um homem negro brutalmente assassinado por policial, seja aqui no Brasil, seja nos Estados Unidos, a história se repete. Como 2020 não é um ano "mais um", a história não se repete sem uma reação. Em reunião com uma colega que mora nos EUA, ela me contou que até a estátua de Colombo, em Ohio, foi para o chão. Colombo, *povero genovese*, descobriu a América e morreu pobre de marré deci! Mas, era branco e conquistador. Todos brancos conquistadores. Agora, as Américas multicores reescrevem suas histórias.

Datafolha informa que 53% da população "pegou COVID ou conhece alguém que pegou". Não fui indagada, mas engordo a estatística. No prédio houve e ainda há muitos casos, graças a Deus, aqui nenhuma vítima fatal. A secretária do Centro de Línguas tem duas pessoas da família internadas em estado grave. Não dá para pensar que estamos trabalhando normalmente. Nada é normal.

Ok! Chega de digressões e reflexões! Foco no hoje e na agenda, "bora" marcar novos próximos compromissos:

— com a Pós-Graduação em italiano: Edital PAME — envio para reitoria até 10/07; Edital PDSE —

até 17/08; formar comissão para Prêmio Destaque USP Tese; reunião com estagiária para decidir sobre a página do site do PPG, próxima terça ou quarta.

— comigo, para aprender: 12/06, às 14h30, "Abordagens pedagógicas e modelos de ensino: novos processos de aprendizagem?". Será que vão abordar essa nova perspectiva do docente com o que estão chamando de "ensino remoto emergencial"? Pois não é o conhecido EAD. Há muita confusão a respeito. Querendo ou não, gostando ou não, essa é a atual realidade. Os jovens não podem ficar parados. A percepção do tempo na juventude, nesse momento de formação universitária, é diferente da nossa percepção que já estamos formados (mas sempre em formação!) e trabalhando.

Hoje, tenho reunião às 14h com Fernanda para resolver os assuntos da Pós-Graduação, pelo G-Meet. Às 18h, um lindo encontro marcado: Fabiana Carelli me convidou para participar do Book Club de seu grupo GENAM para eu falar um pouquinho de Giovanni Boccaccio, sobre o *Decameron*.

Às 12h preciso preparar o almoço. Meu braço-direito em casa não está vindo. Por precaução, decidimos continuar a pagar, mas poupá-la do vaivém em transporte público.

Para o Book Club, preparei um *.ppt* simples. Tinha advertido à Fabiana que não sou especialista, que estudei Boccaccio na graduação e que a grande especialista na área é nossa querida Dóris Cavallari. Mas, como é um grupo de leitura e vamos dividir experiências, decidi topar. Gosto de imagens, encontrei uma bela figura, a representação dos 10 jovens — 3 mulheres e 7 homens — que fugiam da peste negra, retratada por Franz Winterhalter em um quadro de 1837. Uma paisagem idílica, um lugar de encontros para contos junto à natureza. Também queremos um lugar assim para nossos encontros!

Il Decameron é um livro grande, não conseguiríamos ler tudo. São 100 novelas, contadas pelos 10 jovens que alternam "o comando" da proposta temática a cada *giornata*, num total de 10 jornadas. A ideia é que cada participante do Book Club escolha suas novelas de qualquer *giornata* e depois compartilhe suas impressões, meio seguindo a linha da 1ª e da 9ª jornada, na qual cada um fala sobre o que mais lhe agradar. Haverá também a apresentação de Eliana Atihé sobre a obra. Vou falar sobre o amor em duas novelas, uma da terceira e outra da quarta jornada. As histórias de amor de Lisabetta e seu amante e de Federigo degli Alberighi e sua amada. O primeiro amor, correspondido, mas proibido, com final triste, mas de resistência (continua vivo pelo vaso de manjericão). O segundo não correspondido, a perda dos bens pelo amor, a dedicação, a fidelidade, consideração e despojamento (perdendo até mesmo seu último bem, o falcão) para satisfazer a amada, e final "feliz" porque ficam juntos. As duas narrativas tratam do amor, a primeira de um amor jovem e carnal. A carne morre, permanece a raiz desse amor plantada na carne (literalmente na cabeça do jovem amante dentro do vaso). A união antes, a tragédia depois. A segunda, um amor maduro e de reconhecimento à dedicação do amante, Federigo, a união após tragédias (perda dos bens, perda do filho de Mona).

17h — mensagem da Kátia, prima, "Sabe da notícia? Cesão morreu. COVID". O primo mais velho, filho de Henrique Zucchi, vítima de COVID. Brotense de nascimento e coração, carioca por adoção. Minha mensagem a Fabiana por *WhatsApp*:

"Fabiana, querida, logo depois que escrevi "eba" aqui, recebi uma notícia muito triste... hoje o vírus levou embora meu primo mais velho por parte da família de meu pai. O mais velho de minha geração Zucchi no Brasil. Emílio César Dalla Dea Zucchi. Levava o nome de meu avô e do avô materno dele. Nenhum velório, ninguém perto. Triste, muito triste... Não terei condições de falar hoje, sinto muitíssimo."

Hoje, nada Book Club, nada literatura, nada fatos ou pensamentos passados, presentes e futuros, só a implacável realidade. Luto.

Para o tempo. Fica a memória e a certeza de que temos de cumprir esta vida até chegar nosso momento... de também partir.

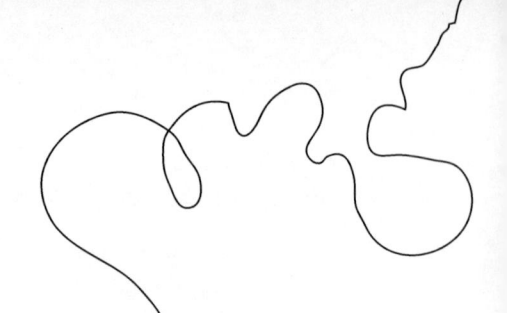

06 de junho

Lígia Bruni Queiroz

Meu caro diário, a essa altura da quarentena, já não palpo bem a terra que sustenta o meu corpo. Mas amanhã, completo quarenta e três anos, e por isso escrevo.

No avizinhar do dia, sou tomada em desatino, despencando ladeira abaixo, numa correria alucinada contra o vento gélido do outono. São tempos de bochechas cor de rosa e lábios ressecados de tanto ventar. Desço desvairada na direção do rio, no hiato entre a escuridão e a luz, na tentativa de fugir do vírus. Percorro o trajeto do canto das cigarras, no sentido das águas turvas forjadas pela coragem de não me contaminar.

Ponho-me, pois, a fazer o mesmo percurso, descendo a rua que desemboca no medo de me afogar no rio. Recolho comigo o canto das cigarras e também os grãozinhos de poeira que se aninham delicados em cada rusga do meu corpo esguio e desgovernado. Descemos todos nós, vento, medo, rusgas e poeiras numa velocidade vertiginosa, causando no asfalto um efeito de bioluminescência cintilante, um verdadeiro milagre urbano, ou, uma oferenda à Lua, a incontestável guardiã do alvorecer.

A grande Lua roga por nós muito minuciosamente, a despeito da negligência por meus lábios ressecados; preocupa-se em demasia com a nudez assombrosa de uma mulher destinada a olhar para o miúdo da existência nesses tempos de raras ternuras.

Fui convidada a olhar para o chão da existência nesses novos tempos: a quarentena, o isolamento social, o distanciamento físico, até mesmo o *lockdown*. As palavras apenas tecem uma espécie de infinito, no caminho do linho branco e teso pregado ao bastidor de madeira. O infinito é a linha de chegada à qual me afasto sempre um bocadinho mais.

Os minutos, as horas, os dias, as semanas, os meses e o vírus, são comparados à dureza de um grão de feijão, quando o chão da existência passou a ser observado como o enigma da panela de pressão. Decifra-me ou devoro-te! Aturdida pelo zunido incessante daquele objeto doméstico, ponho-me a imaginar o que se passa com os feijões dentro da panela, alguns grãos, muito duros, outros completamente esturricados. Essa imagem é atropelada por uma lancinante falta de ar, sempre às quatro e trinta da madrugada, colocando-me em sobressalto.

Então, tresloucada, desato a correr e a sonhar, vestida de Lua, em direção ao rio, descendo à deriva, empoeirada e alumiada, de alma e lábios ressecados, empunhando pequeninos sacos de feijão, ainda sem tempero, desviando aos pulos das rachaduras cintilantes do chão.

Debando-me amofinada ao primeiro sinal de vida humana. Uma sensação de desagrado, imposta pela presença de um corpo supostamente infectado em seus pormenores.

Debruçada à vida doméstica, agradeço ao Sol, por assentar em perfeição cada vinco oriundo da máquina de lavar, abençoando o trabalho de estender as roupas no varal. As primeiras receitas foram compartilhadas por amigos, as demais, parecem psicografadas por personagens que insistem em saltar dos livros, o que me faz confundir entre os enredos das violentas tramas dos acontecimentos histórico-literários e as quantidades de farinha e fermento sugeridas para confeccionar o bendito pão. Tenho acreditado ainda mais na semelhança de algumas alegorias e metáforas. Vivo a comparar as saídas para o mercado com as violentas sagas dos tempos revolucionários.

Sempre com os livros, era o que todos à minha volta diziam, desde criança. Mamãe orgulhava-se por completo, afastando-me cada dia mais do ofício de cozinhar e temperar feijões. Comovia-me os romances, contos e poemas. Era capaz de ouvir os pássaros e sentir o aroma das flores do jardim dos poemas de Manoel de Barros. A esse propósito, não soube ao certo o que era real ou fantasia, o que era sonho ou vigília. Cresci um tanto desatinada, donde os devaneios dos novos tempos tomaram corpo e foram capazes de interromper o movimento dos céus e de cintilar a poeira hostil do asfalto.

A miséria da vida doméstica a domesticar e empobrecer os pensamentos e os sonhos. Os pesadelos repetitivos, a revoada no arvoredo, a correria de madrugada em busca de ar e de sentido para a existência. Os feijões que teimam em não cozinhar por igual, os lábios rachados... as feridas abertas. Uma vida entre sonhos e mortos, abarrotados em covas abertas nas telas da televisão. E o céu parado, em desagrado, como seria possível ler todos esses acontecimentos? Que cosmologia seria capaz de dar conta deste cenário?

Quem sabe um batom vermelho cremoso não possa ajudar os lábios, sempre ressecados de tanto atirar-me ao vento, como se restaurasse uma fantasia, enquanto recupero o fôlego perdido pelo susto dos sonhos recorrentes. O batom pode ser útil na tela do encontro virtual dos sábados à noite. É divertido perceber os limites dos lábios sempre um tanto borrados, algo que diz muito sobre esses tempos. O luminoso batom vermelho reluz agora minhas memórias. Escrever com ele o diário da quarentena é uma forma erótica de marcar o tempo e o andamento desses dias.

Uma surpreendente *Lascaux*, repleta de pinturas rupestres ocre-avermelhadas, uma espécie de palimpsesto da nossa civilização, parece revisitar os acontecimentos recentes da vida cotidiana. Ao lado da Lua, guardiã do alvorecer, e do Sol, salvador do trabalho de secar e passar as roupas, vou compondo meu diário, a partir de inscrições rupestres, passagens literárias, trechos enciclopédicos e mamíferos selvagens.

Um diário que repete sempre o mesmo céu, dias e noites, com alinhamentos celestes estáticos impeditivos das interpretações astrológicas. Um oráculo a devolver ao céu a coreografia sutil dos astros. Tebas? A grande Lua tradutora e intérprete de uma nova cosmologia; as intermitências...

O mesmo e repetitivo sonho! Entretanto, hoje cedo um novo estranhamento, o infamiliar: no retorno das costumeiras descidas tresloucadas em direção ao rio, fui tomada por um espanto e meu corpo freou bruscamente. Vi-me sozinha outra vez, e lembrei-me do rio de Rosa e de sua terceira margem. Esqueci-me das receitas e do tempero do feijão e me pus a pensar no sertão e no constante estado de liminaridade, um estar à margem de algo que nem bem sinto como próprio ou impróprio, os limites do corpo e do espírito sendo ofuscados e obscurecidos pela vida em sonho, as memórias...

Tudo o que não invento, é falso, nos escreveu Manoel de Barros. Você sabe como gosto disso, não é mesmo, meu caro diário?

No espelho, o reflexo de um corpo tão diminuto quanto o corpo do vírus, apenas uma carapaça de proteção e algum filamento de RNA contorcido. Como caberiam nele os quarenta e três anos? Não seria possível cantar os parabéns... como assoprar as velas sem contaminar o bolo?

Amanhã completo mais um giro em torno do Sol, e hoje me ocorreu registrar esse tempo marginal, minha *Lascaux,* repleta de presenças oníricas, como a grande Lua, o canto das cigarras e as poeiras cintilantes, levantadas do chão.

26 de junho

Rosely F. Silva

Diário da Peste

Uma das coisas que mais se sente falta, nestes tempos, é das festas. De todas, a minha mais querida é a Junina. E sequer sou devota de algum santo, embora ache hilária a capacidade de realização de milagres de Santo Antônio.

Na infância, festa junina era sinônimo de fantasia, intrigante coisa, pelos supostos remendos, supostos despojamentos, supostas maquiagens. Aos poucos, descobri que também era sinônimo de comidas e bebidas deliciosas, e em breve tornei-me uma devoradora de sardinhas assadas, doces de milho e sommelier de quentões e vinhos quentes, na mais tenra idade. E, quando se cresce, em um país como o nosso, descobre-se que a Festa Junina, o São João, é repleto de musicalidades, as quais nos envolvem, de modo hipnótico, enlevado, brincante e levado.

Um São João enlevado, pleno de lua-cheia, de odores esfumaçados, fez-me, certa vez, encontrar, ao final de uma caminhada, João Ramalho e sua viola enluarada! Miragem? Não, São João!

Um São João brincante, repleto de felicidade compartilhada nas ruas, fez-me parte de um coro, instigado por Tião Carvalho, de milhares de pessoas: "Olha pro céu, meu amor! Vê como ele está lindo!!!!".

Um São João pandemia fez-me... não me fez nada, estou aqui em casa, entristecida por não ter um triângulo... mas, nem tudo está perdido! Eis que o divo anuncia a sua live, E ELA É JUNINA!!! Sim, em seu aniversário, dia 26 de junho, hoje, descubro que Gil fará uma *live* junina! Senhor, não me desamparastes! E ainda fostes requintado!!

Todos temos nossos amados, seres que, ao mencionarmos ou ouvirmos o nome, a calefação cardíaca ativa-se. Pois,... Gilberto Gil é desses calefatores cardíacos que volta e meia socorrem-me... quando vejo, estou a gritar, pela casa "O Eterno Deus MUDANÇA!!!... TALVEZ COM SUA LANÇA!!!". Ou, quando bate docemente o músculo em sua cavidade, meus lábios tentam reproduzir a doçura gilbertiana "É a sua vida que eu quero bordar na minha, como se eu fosse o pano e você fosse a linha".

GIL! JUNINA! *LIVE*! Só se for agora!

Estou aqui, em casa, ligo a tv. Alceu Valença comanda outra festa — pois o que as festas juninas têm de mais delicioso é a abastança de ocorrências! — à distância, e o São João de Caruaru ocupa a casa, com seus músicos a tocar a zabumba, o triângulo, a caixa, o pífano, o pandeiro, o violão, a viola...

O pandeiro... ah, o pandeiro... confesso que sempre o temi, pela sua capacidade de contar histórias, pontuar emoções e por parecer-me, desde sempre, um instrumento da swingueira, da malandragem rítmica, do alinhavo sutil da melodia ao compartilhamento dos acentos principais de uma música, da subdivisão das respirações, do contratempo inesperado na respiração... não que eu seja incapaz de acompanhar tais instâncias: sou, até, muito abençoada, ritmicamente, enquanto cantora. Mas, ao tentar domar um instrumento de percussão, esse dom, essa benção, não me parecem tão evidentes... no entanto, curiosamente, eu, que me considerava incapaz de tocar um instrumento de percussão, descobri que conseguia me expressar — muito bem — pelo pandeiro... o instrumento da juventude de meu pai tornou-se, nesta pandemia, um dos nossos meios de diálogo. Sinceramente, não sou uma percussionista ortodoxa. Destra, paradoxalmente, somente consigo tocar o pandeiro com a mão esquerda. O mesmo se dá com a darbuka. Talvez, a dificuldade advenha daí: crianças canhotas eram, muitas vezes, conduzidas a utilizar a mão direita. Uma última prova para este questionamento advém do meu auto-aprendizado no skate: quando o conduzia como canhota, todos os movimentos me pareciam simples. Então, alguém me corrigiu, perguntando se eu era destra ou canhota; e a partir daí, tornei-me uma skatista medíocre destra. Tudo bem, não sou de desistir...

Mas, eu estava a falar do pandeiro e de sua capacidade de me unir ao meu pai; e das festas juninas...

Comprei um pandeiro, para o meu pai retornar à prática — ou ao menos retornar a algo a que ele pudesse atribuir sentido e sentimentos próprios.., e para que eu pudesse surrupiar a malandragem de seus toques econômicos e sonoros, duplicados e amaciados ao pandeiro, dado que a minha mão direita tornou-se fraca, após trinta e cinco anos de atividades trabalhísticas, de sobrevivência, ao computador — sem parafusos, mais leve — portanto compatível com a capacidade muscular atual do meu pai — sim, somos ambos seres alijados pelo mercado de trabalho: ele, por anos de trabalho físico pesado em uma empresa que responsável pelo fornecimento de eletricidade na região economicamente considerada mais importante de nosso país; eu, uma outrora jovem promissora recrutada para trabalhar nos estabelecimentos bancários de maior projeção de nosso país... não, não sabíamos que éramos apenas uma singela porção olvidável da mão de obra do mercado de trabalho — e cuja afinação depende, apenas, da situação atmosférica — em verdade, todos os instrumentos são afetados pela umidade do ar, pela temperatura, pela densidade do ar em que nos encontramos, pela exposição ao sol... mas, quase todos os instrumentos podem ser ajustados a essas variáveis... No entanto, um pandeiro sem as suas tarraxas — como é o caso do pandeiro que dei ao meu pai, que não possui mais forças para comandar um pandeiro com tarraxas: "o som deste é maravilhoso, mas eu não tenho forças", um pandeiro assim responde às variáveis que o tempo apresenta... Curiosamente, esse pandeiro também se tornou um de meus prediletos para o treino de ritmos mais acelerados, como o xote, o forró, o frevo..., não tão curiosamente, se levarmos em conta a lenta mutilação que a digitação contínua provoca nos trabalhadores relacionados às atividades de informação, que dependem da digitação massiva.

Mas, o que quero destacar com toda essa longa digressão sobre a festa junina, sobre alguns instrumentos emblemáticos em minha vida e na vida de meu pai, é algo simples, apesar de doloroso, quando confessado: meus pais sempre colocaram obstáculos ao meu amor à música!

Aos treze anos, ganhei, conjuntamente com colegas de meu colégio, um prêmio de música: meus pais não foram assistir à nossa apresentação. Devo confessar que a música — a melodia era minha — era péssima, mas talvez o prêmio haja sido concedido pela nossa coragem de jovens imberbes — ainda me lembro do tolo orgulhoso de termos ganhado dos alunos do segundo grau... Jamais saberei o motivo da conquista...

Os anos se passaram, e minha mãe fez um comentário elogioso ao modo como eu cantava músicas de Dalva de Oliveira e Sarah Vaughan! Enfim, ser uma contralto coloratura não era mais uma ofensa aos ouvidos de minha mãe, soprano total, cabrocha do samba, que possuía total ojeriza à minha voz grave.

E, na festa junina promovida por Gilberto Gil, ouvi dos lábios de meu pai sua trajetória musical... as dificuldades, os sucessos — tocar em algumas rádios ativas no período...

A dúvida dolorosa se imiscuiu: por que ele me tratara de modo tão cruel, quando eu comecei a cantar em uma banda? Eu não fiz a pergunta... apenas ouvi, embasbacada, meu pai descrever, docemente, as experiências que vivera, as quais reprimira tão duramente na experiência de vida da filha.

Mas o forró pé de serra começou a tocar... e ambos nos unimos tocando nossos pandeiros.

27 de junho

Samara de Moura

Hoje pela manhã ocorreu minha cirurgia espiritual, e estou curada.

Decidi recorrer a fé, pois já me encontrava a três anos com uma queda de cabelo muito brusca que me tirava aos poucos pedaços da minha confiança, autoestima e saúde mental. Os três tratamentos médicos que fiz no passado não resolveram. Muitos exames, remédios, vitaminas, shampoos, tônicos, etc, nada funcionava e tudo vinha piorando com decorrer desses 5 meses de pandemia. Iria perder meus longos cabelos pretos lisos e ficar calva aos 25 anos, uma certeza que encarava muito deprimida.

Há pouco tempo que me tornara espírita kardecista, e foi assistindo a uma *live* no *youtube* da Casa Espírita que frequento, já que a o local anda fechado por conta da pandemia, que me ofereceram ajuda para o meu problema através de uma cirurgia feita pelos espíritos.

Nunca presenciei nada "sobrenatural", pelo menos não que tenha percebido, apesar de que aprendi no espiritismo que o sobrenatural não existe, os fenômenos são todos naturais, apenas nossa atual ciência que ainda não é capaz de explicar. Tal informação me cai como uma certeza no raciocínio, apesar de sempre ter acreditado nas possibilidades que a fé, mesmo sem saber como e independente da religião ou filosofia, pode gerar.

Encaminhei meu pedido com todos os detalhes sobre o que estava passando para o site da Casa Espírita, e com alguns dias de espera me responderam marcando data, hora e tudo que seria necessário para dar início ao atendimento que ajudaria a me livrar da queda de cabelo. Serão três cirurgias espirituais realizadas a cada quinze dias, focadas nas minhas adrenais e couro cabeludo, todas na minha própria casa.

Hoje foi realizada a primeira. O procedimento durou 1 hora e me solicitaram os seguintes passos: não ingerir carnes ou bebidas alcoólicas, colocar ao lado da cabeceira da cama uma jarra com 1,5 litros de água e em cima de um pano claro uma bacia com água de torneira, roupas e lençóis claros, estar deitada de barriga para cima, rezar 3 orações do pai nosso, ficar tranquila e ter fé. Organizei tudo conforme o pedido, e quando o relógio marcou as exatas 8:00 horas já me encontrava deitada em minha cama. Fechei os olhos e meu coração acelerou. Nesse momento fiquei um pouco agitada, mas procurei respirar fundo me concentrando em manter pensamentos positivos e a fazer uma prece atrás da outra.

Passado-se alguns minutos, não escutava nada, não sentia absolutamente nada e a curiosidade me encorajava a abrir os olhos e verificar se conseguia ver algum sinal de que os amigos de luz se encontravam mesmo dentro do meu pequeno quarto me operando. Com um pouco de insegurança e tomando um fôlego decidi-me abrir os olhos e olhar em volta da cama, no teto, no chão, na jarra e bacia com água, e subitamente um estranho sentimento de alívio junto com decepção me tomou, pois tudo permanecia igual, nada havia mudado e nem uma figura nova compunha os espaços do meu quarto. Nada enxergava!

O alívio foi porque estou espírita por pouco tempo e tenho um pouco de receio desenvolver a mediunidade, que é o nome dado ao dom da comunicação com os espíritos. A decepção foi exatamente pelo mesmo motivo, pois não enxergava ninguém e não teria essa vivência que considero especial.

Conformada que realmente eu não possuía dons mediúnicos desenvolvidos que ocasionassem em uma experiência mais marcante, me acalmei e fiquei serena. Acomodei-me melhor na cama e com o decorrer do tempo um sentimento de paz e cuidado me tomaram, nos quais me fizeram sentir sonolência, porém, me mantive alerta caso algo de novo acontecesse. Nesse momento percebi um pequeno empurrão entre abrindo a minha porta, seguido de um barulho familiar de um gato bebendo água, e exatamente como meus sentidos apontaram lá estava meu gato tomando a água da bacia que fora pedida para cirurgia. Fui obrigada a levantar-me pedindo permissão mentalmente a quem quer que fosse que estivesse ali e coloquei-o para fora do quarto, obviamente sobre protestos dele e alguns risos meus.

Após o ocorrido com meu amado felino, voltei para cama e nenhum outro acontecimento sucedeu. O restante do horário meditei, via-me no mesmo lugar de sempre usando uma roupa de linho branca, sentada de frente para uma árvore imensa no meio de um campo aberto com o céu alaranjado de pôr do sol e na borda do seu horizonte uma cachoeira de águas verdes, refletindo muita paz.

Passando-se uma hora, que fora o tempo máximo estipulado pela casa espírita para finalização da cirurgia, levantei-me e fiz como me instruíram: joguei a água da bacia fora e depois iria tomar a água da jarra no decorrer do dia.

Feito isso, realizei normalmente meus afazeres de casa, evitando apenas a pegar peso. Pela tarde, logo após o café, fui embalada por uma sonolência, obrigando-me a tirar um cochilo. Quando despertei senti-me diferente e ainda não encontrei palavras para explicar de que forma. Levantei-me rapidamente indo em direção ao espelho para verificar meus cabelos e fiquei impressionada, pois estava com um aspecto mais saudável e forte, sem nenhum fio caído na minha roupa e nenhum fio saindo entre meus dedos com um simples toque como antes, eu fui curada já na primeira cirurgia.

Por isso tudo, estou extremamente feliz e muito grata pela renovação proporcionada pela fé em Deus, por meio do espiritismo e dos amigos de luz.

Boa noite, Samara.

15 de julho

Simone Leistner

Porto Alegre

Ontem, na madrugada, recebi a mensagem, aquela que tanto eu quanto os demais da equipe temíamos. Uma colega está com sintomas, e o pior, seu filho também, e tão pequeno, apenas um ano. Ela estava tão nervosa, e nessa hora nem consegui dizer algo mais estruturado, que realmente fizesse ela se sentir melhor. A gente fica meio boba, fala o de sempre; se cuida, fica tranquila, vai dar tudo certo.

Mas será que dará tudo certo mesmo?

Saiu tão rápido o resultado, positivo para Covid-19, e de um dia para o outro ela também teve piora.

Ela é enfermeira, o pior é que tava se culpando, disse que levou a doença pra casa, para sua família. Estava tão nervosa.

Foi o primeiro caso na equipe, antes parecia que a pandemia estava mais longe de nós.

Já pedi as orientações para o grupo de monitoramento, o comitê de crise, mas eles também não sabem muito bem o que fazer exatamente. Cada hora é uma orientação diferente.

Fico irritada, me sinto sobrecarregada, mesmo que a gente não esteja na linha de frente, somos profissionais da saúde, mas eles não nos levam em consideração porque trabalhamos em um Caps i, e aí lembro do que já ouvi várias vezes da equipe "ninguém liga para a saúde mental, que dirá da infância e adolescência".

Preciso enviar uma mensagem para os demais colegas, perguntar se mais alguém está sintomático, e calcular os dias para ver quem teve contato recente com ela. Quer dizer, primeiro eles dizem que irão testar somente esses, depois mudam de ideia, dizem que vão testar todos. Amanhã terei que notificar no sistema do município todos nós.

Ainda não temos informações suficientes sobre o que fazer, como agir com os pacientes, meu Deus, ela atendeu um menino nesta semana, pequeno, autista, que tocou em tudo, inclusive nela. Fico me perguntando o que faremos, será que o serviço deve fechar novamente?

Não sei, mesmo.

Não vejo a hora do ano acabar, cada dia a diretoria do hospital vem com uma nova normativa, e é tudo comigo, passo as informações, ouço as reclamações, tento acalmar os ânimos. Fico entre ajudar e sair correndo... sério!

Compartilhei com a minha família o estado da colega, e eles ficaram preocupados comigo, pois eu não pude trabalhar em home office, não parei nenhum dia, pra falar a verdade me sinto cada dia mais cansada. Parece que estamos sempre em alerta, e não sabemos nem ao certo o porquê.

  Como saber qual será o próximo? Na verdade todos queriam estar em casa com suas famílias, ou que tudo isso fosse mesmo um pesadelo, ou fake news.

08 de agosto

Denise Stefanoni

Não conheci Idalice, mas chorei sua morte.

Me sinto uma de suas netas que ganhou o primeiro banho pelas mãos dessa avó. Imagino suas mãos finas e firmes fazendo espumas macias em minha pele, seu sorriso encantado com as minhas dobrinhas, seu olhar cuidadoso percorrendo meu corpo pequeno e indefeso. Imagino sua casa cheia aos domingos, eu correndo e gritando com os meus primos.

"Vamos comer, crianças!", lembro-me da minha avó chamando e servindo os deliciosos pães com manteiga que ela fazia no fogão a lenha do sítio.

Imediatamente, volta Idalice — a Dona Nicinha — para a cena.

Penso no cuidado que essa mulher rezadeira teve com a família e com o mundo e, ao mesmo tempo, fico envergonhada e revoltada com a ausência de cuidado que tivemos com ela e seu marido — seu Zé de Juca morreu dois dias após Dona Nicinha.

Como será que foram os últimos momentos dessa avó que sempre estava com a casa cheia, cercada de risos e afetos, morrer sozinha, talvez ouvindo apenas os ruídos secos e gelados de uma UTI? Será que sua fé compensou a ausência de amores na despedida?

Fico me questionando e agora me sinto a própria Idalice. Choro novamente. Observo meus últimos grãos de oxigênio que esvaziam a ampulheta. Não tenho mãos para segurar, olhares para me acalmar e muito menos sorrisos para me acolher nesse momento. Que dor! Quanta dor!

Puxo profundamente o ar que faltou a Dona Nicinha e me reconheço viva. Não sei por quanto tempo... um pouco de mim parece morrer com tantas mortes. Mortes que não são naturais, mas antecipadas, propagadas, vulgarizadas.

Perdão, vó Nicinha! Perdão! Sei que esse pedido não muda em nada o que aconteceu, não lhe traz oxigênio e vida, não lhe segura a mão no momento da partida... Talvez seja muito mais um pedido egoísta, para expressar um pouco da minha indignação, para ressignificar a minha dor diante de tamanha crueldade.

Hoje gravei um vídeo em protesto contra as 100 mil mortes de pessoas vítimas do coronavírus no Brasil. Idalice é uma delas.

Escolhi um livro com muitas páginas para dar a dimensão da quantidade de histórias que estariam ali registradas. Histórias de pessoas. Mortas. Injustamente. Antecipadamente.

Imprimi com fundo preto e letras brancas "100.000 não é só um número" e fixei na capa do livro. No meio, incluí a história de Dona Idalice.

Ensaiei uma, duas, três, quatro vezes. E chorei. Não era uma ficção, apesar do livro, apesar da demora em folhear as páginas...

Respirei fundo e me concentrei para gravar.

Após abrir vagarosamente o livro e folhear as páginas até chegar onde estava impressa a história de Dona Idalice, reinava um silêncio absoluto. Quer dizer, havia um som, um único som: o barulho das páginas, quase um minuto de páginas e páginas que representavam as vidas que não podem ser apagadas ou silenciadas.

Li a história que escrevi de Dona Nicinha,[2] orgulhosa como uma neta. Narrei os primeiros banhos nos netos, falei sobre essa mulher rezadeira, descrevi o amor com seu Zé de Juca, que nem a morte foi capaz de separar.

Encerrada a narrativa, fechei lentamente o livro, acomodei-o entre as mãos, olhei-o atenta e cuidadosamente como se estivesse me despedindo, agradecendo e repetindo, como fazemos infinitas vezes no Memorial Inumeráveis:[3] "Idalice não é um número".

---

2   O tributo de Idalice Cordeiro dos Santos está disponível em: https://inumeraveis.com.br/idalice-cordeiro-dos-santos/

3   O Memorial Inumeráveis é um memorial virtual dedicado a escrever e publicar as histórias das vítimas do coronavírus no Brasil, composto por voluntários que apuram as histórias, entrevistam as famílias, escrevem os tributos — é assim que denominamos as histórias de vida (estou nesse grupo de escritores) e, por fim, revisam e publicam os tributos em https://inumeraveis.com.br/

28 de setembro

Davina Marques

No nosso grupo de zApp, Fúria Roja, da época da Copa do Mundo, a notícia veio assim hoje: "Novo layout — Colecionando curativos". Pai foi fotografado com faixas nos dois joelhos, braço e cabeça. Vi uns minutos mais tarde. Achei que ele tivesse ido tirar as manchas naquela pequena cirurgia que ele ia fazer, apesar de essa ideia não explicar os joelhos... "Não — Voou pro chão mesmo — Tombaço — Cada dia mais maduro." A Pequena, lá da Irlanda, soltou um "Eitaaaaa". Eu mandei uma carinha assustada: "Bateu cabeça?". E Pequena perguntou se havia quebrado algo... "Não quebrou nada — Assim, mexemos em tudo — Ele dobra normal. "Mandei carinha olhando pro teto..." "Ele tá falando normal, tá com fome — Sabe quem é. Reclamei de ele não aceitar o andador." Perguntei se precisavam de ajuda. "Nem sei dizer kkkk Vamos ver como será o dia. Qualquer coisa avisamos." Ainda perguntei se não havia sido um apagão. "Acho que não — Ele tá fraco mesmo."

Pai tinha recebido exame de sangue indicando anemia. Ofereci ajuda novamente.

A 2ª Mais Velha — eu sou a 1ª — disse que passaria lá mais tarde.

Um pouco mais tarde, a 1ª Mais Nova escreveu pra mim: "Você não quer vir aqui? Tá muito ocupada? O pai tá com dor no pescoço, mas como ele gosta de falar com vc... acho que ele fica melhor". Respondi que tinha compromisso até as 18h e que poderia ir em seguida. Perguntei se era pra eu dormir na casa dele. "Pode. Vou ver como ele fica." Acertamos que eu iria.

Outra mensagem veio em seguida: a 2ª Mais Nova, a Enfermeira, "acha que não precisa — kkkk — ele mandou ela embora agora".

Fiquei de ligar quando minha aula terminasse.

Ficamos, quando liguei, uns 15 minutos conversando, com ele, com as manas.

Pai disse que estava tudo bem. Que a visita era sempre bem-vinda, mas que, se fosse por causa do tombo apenas, eu não precisava ir. Eu respondi que era esse mesmo o motivo e ele voltou a dizer que, então, não precisava. Minhas irmãs também concordaram que não era preciso, mas anteviam uma noite agitada. Soubemos no dia seguinte que Pai tinha fratura na C1 e C2 e ia precisar de cirurgia.

(Continua em 18 de dezembro)

03 de dezembro

Andrea Funchal Lens

Estou com um buraco na cabeça. Sim. É um buraco inegavelmente. Saí do banho, penteava meu cabelo costumeiramente de frente ao espelho e vi ali mais couro cabeludo do que deveria. Um clarão branco em meio à vastidão escura. Aquela linha estreita da raiz deveria ser estreita. Aproximo do espelho, escova em punhos, seguro a respiração, vou abrindo espaço, abrindo, abrindo espaço entre os dedos e... lá está ele. O buraco na minha cabeça.

Os dermatologistas que visitei chamaram de *alopecia areata*, mas para mim esse nome não faz nenhum sentido, o buraco é e sempre será o buraco intruso que sem minha permissão, instalou-se entre mim e meus adorados cabelos.

Um tufo meu de cabelo se foi, desistiu de mim e deste ano louco. Se foi. E só notei quando o espaço que cabe pouco mais que uma moeda de um real se mostrou pra mim no espelho. Bem no topo da cabeça. Como rindo de mim. Um buraco no topo da minha cabeça rindo de mim e de 2020.

Tanta coisa cabe nesse buraco.

Não entendo 2020. E gosto (e preciso) entender as coisas. Se não consigo entender algo, esse algo se torna aqueles obstáculos intransponíveis que voltam sempre, quase uma assombração.

Eu iniciei o ano com um vestido prata, por que, então, as coisas descarrilharam assim? Era prata, pratinha! Confiando na superstição da abundância, esse era para ser o meu ano! Não num sentido egocêntrico, mas puramente esperançoso. Aquele salto que damos no novo ano com todas as esperanças que cabem nas cores e, principalmente, num vestido prata.

Em janeiro, de férias, fui ao Rio de Janeiro, à Belo Horizonte, reencontrei amigos distantes, passei tempo com minha grande família, fui à festa de casamento de amigo de infância. Como cabe gente em 30 dias.

Fevereiro teve o sabor de fervor de início de ano com uma pitada (ou uma colher inteira, a seu gosto) de folia carnavalesca. E na segunda-feira de carnaval, perde-se um ente querido, assim, do nada. Quase sempre é do nada. Ou sempre é do nada, porque a morte não é algo que marque dia e nem horário. É sempre no dia D e na hora H. Que começo de ano estranho. A morte é, afinal, o inevitável que todos queremos evitar. Quem quer uma morte? Ainda em pleno carnaval? Em pleno ano começado com um vestido prata. Abraçamos os automáticos — ainda que verdadeiros — pêsames e seguimos a vida como podemos. Ora, algo não ia bem com 2020.

Mas em março tudo engrenou — já não era sem tempo! Estudo, trabalho, seminários, leituras, divulgação, planos, estudo, trabalho, seminários, planos, leituras, divulgação, estudo, trabalho, seminários, planos, leituras, divulgação de cancelamento temporário. 16 de março de 2020. Algumas palavras tomaram destaque no corpo do texto e se gravaram sem ainda nos darmos conta da gravidade: "agravamento da epidemia", "três casos confirmados na comunidade USP", "medidas de contenção", "atividades suspensas por tempo indeterminado" e, por fim, nos devolvendo um pouco do ar, "retorno das atividades tão logo quanto possível". Ufa. Sim, seria logo. Havia ouvido falar nessa epidemia, claro, está em todos os jornais, mas tão distante... Ásia, Europa. Até que chegue aqui... Chegou. Pandemia. Mas, calma, na China já estão conseguindo se recuperar, disseram. Itália e Espanha também logo conseguirão, disseram. Então aqui será melhor, disseram. Agiremos agora e em julho já teremos o controle da situação, disseram. Se há algo que há, é essa certeza.

A esperança é mesmo uma coisa muito bonita.

Abrilmaiojunlhoagossetemtubronovembrezembro passou assim em bloco condensado, cronologia falha de uma confusão constante. Que dia é hoje? Mas isso foi este ano? Agora é tudo online, é só clicar no link. Todo mundo dentro do computador. Todo mundo devidamente protegido dentro de suas caixinhas. Os olhos veem todos multicoloridos a seu modo. O dedo avança sobre a tela, mas, frio, não sente nada. Muito eu e pouco nós. Como falta gente em 276 dias.

Mas já é dezembro e cá estou eu com um buraco no topo da cabeça. Expulsos por causa emocional. O que será que isso significa exatamente? 615 fios por centímetro quadrado. Uns tantos 3.075 fios expulsos por causa emocional. Imagino as lágrimas fazendo caminho inverso e, em vez de descerem, sobem marchando insistentes e se instalam bem ali, teimosas à margem da raiz, chorando pelo buraco, expulsando fio a fio de um raio bem delimitado. Essa deve ser a causa emocional. Chorando ao revés, expõe-se o suprimido. Choram talvez a solidão de uma pandemia devastadora. Choram a evolução diária de um marcador que sobe irrefreavelmente — 209.847 e 2.032.446 — ou, mais assustador ainda, dois milhões, trinta e dois mil quatrocentos e quarenta e seis. Lidos assim, por extenso, caíram mais alguns fios. Choram uma tese ainda não escrita. Choram uma distância física que busca diariamente o seu sentido de ser. Choram, porque choram. Choram, porque devem chorar. Choram, por vezes, de pequenas alegrias. Elas coabitam e sobrepõem-se em dança fluída mesmo num espaço tão pequeno que é um buraco na cabeça.

Outro dia, finalmente notei os fios que ficaram, resistentes. Eles cobrem o buraco que não quero aparente — embora reconheça sua existência e o veja mesmo sobre a vasta cabeleira restante. Ele é meu atalho à mata virgem recém-desmatada. Talvez um acesso ao meu eu mais elementar e inconsciente. Sinto, então, certa afeição. Eu também caibo ali. É pequeno, mas democrático. E tem fios que permaneceram, resistentes. Há espaço para todos. Há espaço até pra mim mesma na minha própria cabeça. Também há espaço para os sentimentos todos se sentirem. Um buraco vestido de vazio, mostrou-se não tão vazio assim.

Olho no relógio. 17:01. Escrevo essa passagem no vestido prata pratinha, celebrando o meu ano novo. Sim, em dezembro. Vi no espelho cinco novos fios despontando, ainda tímidos, povoando o buraco. O vazio que fez morada em minha cabeça tem companhia. Não é uma flor que irrompeu o asfalto, mas são fios irrompendo o buraco. Como sementes novas reparando uma terra antes devastada. Tanta coisa coube nesse buraco. Hoje as lágrimas não vão ao revés, seguem seu rumo olhos a fora. Há de se comemorar que ainda haja esperança. E ela é uma coisa muito bonita, assim como o buraco na minha cabeça.

09 de dezembro

Liliane Oraggio

Dia de contabilidade, véspera do dia 10, então é preciso registrar no diário, deixar tudo na ponta do lápis. Há um ano, exatamente, há 365 dias, não havia a menor possibilidade de imaginar que o ano seguinte, o 2020, não seria nada par, nem redondo. Ano ímpar, espinhoso, sufocante.

E os pensamentos seguem em números... completam-se 1001 dias do assassinato da vereadora Marielle Franco e de seu motorista Anderson, sem culpados punidos; chegamos às 177 mil vidas perdidas na pandemia do coronavírus e sigo 1, uma, em isolamento na 2a onda, neste mês 12 em que este texto ganha corpo, em que venço a exaustão e o medo porque escrevo.

Agora já é possível fazer uma linha do tempo da pandemia: o caos dos primeiros dias do isolamento... a adaptação ao trabalho totalmente on-line, a senha do zoom é 150263. O espanto dos corpos doentes, a sobrar sem leitos, 10/1. E daqueles outros, os mortos, campeando acumulados para o sepultamento em 90 covas rasas abertas por dia, por dias seguidos. Aprender a esterilizar tudo com o álcool 70. E como anestesiar os impactos das insanas crises brasileiras — a política, a sanitária, a ambiental, a econômica, a diplomática e outras tantas que se acumulavam em camadas, em 1000 folhas de pedidos de impeachment que permanecem empilhada em algum canto?

Em menos de 15 dias, o looping pandêmico segue subindo e não está nem aí com a festa de Natal, com os 3 Reis Magos e os milhares apinhados na rua 25 de março, para gozo do comércio... e da proliferação da Covid-19, que já tem mutação batizada de B 1.17. Não, não é piada, apenas nome científico em conjunção com a inicial e o número que faz referência ao genocida que segue solto no comando de um país com 220 milhões de habitantes, em infinitas modalidades de desamparo social.

Podia pelo menos ter carnaval, no mês dois ou no mês três, mas pelo jeito só no sete, mês de sorte esse. Quem viver verá e talvez ainda a gente queira dançar... mais ainda...

No mostrador 00:00. E já é outro dia e de novo o peito aperta com vontade de equacionar + 1 dia a - = isso. E vai demorar. Melhor fazer 1 poema.

"Cada qual com

Sua vida

Seu mistério e

Sua sopa", diz a Nélida.[4]

---

[4] Poema contido no livro O pão de Cada Dia: fragmentos, de Nélida Piñon, 1997, p.30, Ed. Record, Rio de Janeiro.

Cada um com

Seus perdigotos

Suas angústias e

Sua omelete.

Cada um com

Sua máscara

Sua ambiguidade e

Sua panela de feijão.

Cada um com

Sua chave

Sua insônia e

Seu chá de boldo.

Cada um com

Sua live

Sua preguiça e

Seu arroz de ontem.

Cada um com

Seu zoom

Sua ansiedade e

Seus restos no prato.

Cada um com
Sua lentidão
Seus fantasmas e
Sua água.

Cada um com
Seu assombro
Seus fragmentos e
Seu quiabo.

Cada um com
Sua compaixão
Seu devaneio e
Seu jiló.

Cada um com
Sua rotina
Sua epifania e
Sua migalha.

Cada um com
Seu andrajo
Seu buraco e

Seu limão.

Cada um com

Sua casa

Sua desordem e

Seu bife a cavalo.

Cada um

Cada um

Cada um com

A sopa que consegue ser.

Somando tudo... sei lá não dá resultado nenhum, não aplaca o espanto. Na madrugada tudo fica amargoso, azedo, pouco... no canto superior direito da tela 01:02.

18 de dezembro

Davina Marques

(continuação de 28 de setembro)

A medicina ocidental não soube explicar o que aconteceu nem foi capaz de alterar a situação de vida do Pai para melhor desde o tombo, apesar da cirurgia ter sido um sucesso do ponto de vista médico. Vieram apenas cuidados paliativos, o que, em última instância, significou sedação e oxigênio... Pai, por sua vez, sempre nos ensinou que a mente é muito mais do que sabemos hoje. Inspirou-nos a estudar e conhecer caminhos alternativos de cura, inclusive os mais inexplicáveis. Ensinou-nos sobre meditação, relaxamento, poder da mente, energia das mãos... Foram cursos e livros que nos atravessaram e vamos seguindo assim.

Uma amiga me sugeriu pedir ajuda ao invisível e não esquecer a terapia floral... Minha resposta: "Sim, [ele] está tomando rescue (nós também), faz aromaterapia, jin shin, reiki, mentalização, música, mantra, passe (das minhas irmãs espíritas)... Todo mundo faz um pouco de tudo em casa! Aliás, essas coisas de energia foram ensinamentos dele mesmo! rs Tadinho, não tem sossego. E ainda a gente diz que ele pode partir, se quiser. Eu mentalizo o tempo inteiro essa ajuda invisível. Acho que é isso que está segurando a gente...". E tinha ho'oponopono, auriculoterapia... E muito carinho.

Dessa maneira, fomos ficando com ele no hospital. E eu fico emocionada dos pequenos momentos em que eu conseguia equilibrar a temperatura do seu corpo, em que eu sentia um aperto de suas mãos, uma resposta piscando sim ou não, a percepção de que ele se acalmava com uma música ou com uma meditação.

A gente não desistia, apesar de também dizermos a ele que ele poderia partir, que estávamos bem, que tínhamos, inclusive, aprendido isto com ele: enfrentar os desafios do viver com a certeza de que "isto também passará". Pai, às vezes, não falava muito na nossa vida em comum, mas estava ali, presente, ele e mãe, juntos, pai e mãe, a acompanhar todos os nossos passos. E, com frequência, espirituoso, fazia alguma tirada que nos punha todas a rir.

Nesta última semana que tivemos com ele, já sabíamos que ele estava de partida, só não sabíamos como, quando e com quem aconteceria a passagem. Ontem de manhã, quando eu saí do meu plantão da noite anterior, eu me despedi dele como se fosse a última vez. Eu já tinha presenciado isso quando chegava e as minhas irmãs partiam, o aproximar-se, o carinho nas mãos e o segredar do "amo você" bem pertinho do seu ouvido. Reafirmávamos o tempo todo que estávamos bem. Na medida do possível, é claro. Ninguém queria ver Pai sofrendo, eternizado em uma cama, sem poder fazer o que ele curtia fazer, sozinho ou conosco.

Neste 18 de dezembro, a 2ª Mais Velha estava cantando quando eu cheguei, de mãos dadas com ele. Passou-me o plantão. Desde que assumimos a função de acompanhantes, registrávamos em um caderninho o que acontecia em cada período de 12 horas. Mas, além desse registro, a gente contava uma pra outra o que tinha acontecido de mais importante no período. Ela disse que ele parecia cansado. Também comentamos que não sabíamos o que fazer na hora em que ele partisse. Ninguém tinha conversado a respeito...

Ela saiu e eu conversei tanto, tanto, tanto com ele. Não sei dizer de onde vinha tanta história... Tanta vida! Talvez das visitas espirituais das memórias que nos envolviam. Que vida boa, que família linda ele e mãe tinham construído. A gente viajou muito... Eu lembrava histórias de alegria, desde coisas bobas como o frango em cima do carro que se espatifou no chão, como a alegria de brincar na neve, dos nossos chopinhos, dos restaurantes favoritos. Foram muitos os momentos bons. Eu me lembro que, depois da primeira visita que fiz a ele no hospital (e agora me ocorre que fui a primeira e a última a vê-lo nesse período...), com lágrimas nos olhos comentei com 2a Mais Nova como era bom olhar para um pai e não ter do que se desculpar, pedir perdão... Tudo o que a gente queria fazer, já tínhamos feito. Éramos apenas desejosos de mais e mais...

Contei assim pra outra amiga dessa noite com ele: "Falei de cada uma de nós, do neto, da neta, da bisneta, dos agregados. Falei de viagens e de passeios, de botecos... Pedi pra ele imaginar as cenas, sentir o frescor e o calor das coisas, da nossa amizade...". Isso de imaginar foi me dando outras sensações e boas lembranças. Ele me contava de viajar de trem com a mãe e os irmãos, de tomar suco geladinho com a água gelada que só no trem eles conseguiam, junto com uma fatia caprichada de pão também feito pela mãe. Lembrei, pra ele imaginar o gosto, o sentimento. E as muitas comidas que a gente apreciava e compartilhava.

Daí me lembrei de que ele curtia muito cantar. Ele assobiava nas viagens que a gente fazia de carro. E fez parte do orfeão na escola. Tinha uma história recorrente de uma canção específica, que simulava uma bandinha na roça. Ele contava de uma vez que eles cantaram na estação de trem em uma viagem que iam fazer na escola. E foi quando me ocorreu buscar na internet alguma gravação. E não é que encontrei duas muito bem feitas? Toquei pra ele ouvir. Tive a impressão de que ele ficava com o semblante mais e mais sereno. Então, ao invés de tocar as músicas que eu tocava nos meus plantões naquele período, decidi cantar as músicas que eu sabia de que ele gostava, as canções de brincadeiras nossas de criança, modinhas. Cantei, cantei, cantei bastante. Não havia tristeza em meu cantar, apesar de eu ter me emocionado algumas vezes. Afinal, como os cheiros e as sensações, a música também nos transporta no tempo e no espaço. Quando percebi, estava movimentando um pouco o corpo e a havia um leve balanço na cama também. Embalava levemente meu pai, sem perceber.

Numa das mexidas no celular, buscando as letras das canções, vi que, no finzinho da tarde, tinha recebido uma mensagem da 1a Mais Nova, pedindo pra eu mostrar um áudio pro pai. Eu só vi lá pelas 22h, mas coloquei pra ele algumas vezes durante a noite. "Paai, Paai! (uma brincadeira entre os dois) Pai, fique em paz. Nós estamos bem, na medida do possível. Mande um abraço pra turma de lá e descansa, pai, descansa! (a voz fica embargada pelo nó na garganta) Beijo. Te amo."

Busquei outros áudios da família. Havia alguns da pequena Yari, bisneta de alguns meses, rindo. Havia o da minha mãe contando a história do álbum de casamento deles que foi perdido na primeira mudança e que encontraram tempos depois. Toquei pra ele ouvir. Repeti.

Por volta de meia-noite, imaginei que era hora de descansar. Algo me compelia a ficar acordada, mas me deitei na cama ao lado e coloquei o mantra para mentalizar cada parte do seu corpo, como fazia de hábito diariamente, com ou sem ele.

Eu estava meio sonolenta quando a técnica em enfermagem entrou no quarto e saiu. Voltou com uma outra pra lhe ensinar como fazer. Essa segunda lhe deu as instruções, mas disse que não dava pra fazer inalação, que era melhor conversar com a enfermeira antes. E saíram rapidamente as duas, antes que eu pudesse (ou tivesse chance de) reagir.

Levantei e segurei a mão do meu pai e fazia carinho em seu braço. A respiração estava mais lenta, parecia, mas não estava aflita como já tinha testemunhado antes. As enfermeiras não voltavam. Saí pra perguntar e tentar entender o que havia acontecido. Não havia ninguém na sala delas. Voltei pro quarto.

Depois da higiene, segurei novamente a sua mão. E me percebi dizendo que o amava muito, mas que ele poderia descansar, que ele não precisava ter medo.

Descansa, meu pai! Descansa, meu pai. Descansa... Sem medo, meu pai.

Ele teve um momento e depois outro em que movia a língua com dificuldade. A respiração foi diminuindo devagar. Demorou uns segundos a voltar uma vez. Eu continuei falando que ele podia descansar, que estávamos e ficaríamos bem, que ele foi muito amado e querido. E agradeci por tudo. A respiração falhou mais uma vez. Depois não voltou mais.

Eram 0h45, dia 19, portanto. Chorei mansinho. Rezei. Agradeci.

Obrigada, Pai! Fique bem.

21 de dezembro

Cristhiano Aguiar

Solstício

Se alguém me perguntar como foi o meu 2020, eu diria que oscilei entre mergulhar na realidade e fugir dela.

Em um momento, estava plenamente atualizado de taxas de internação, de tratamentos promissores; me atormentava com as redes sociais bolsonaristas, ou, pelo contrário, lia na internet em sequência conteúdos de perfis de esquerda, a fim de me certificar de que eu não estava assim tão solitário politicamente.

Em outros momentos, precisei me desligar. Não se tratava só da política e da Covid. É que cada dia, cada semana, cada mês, cada ano nos impõem trabalhos, responsabilidades, prazeres e desafios. Com frequência, foi preciso buscar o silêncio. O esquecimento. Voltar aos gestos simples, reafirmar os laços de afeto. Buscar consolação na música e na literatura. Tentar criar literatura, mas sem me impor qualquer peso para além da navegação livre com as palavras.

Porém, quando chegou o mês de dezembro, eu estava exausto. O cansaço era mental, físico e emocional.

Foi então que aconteceu algo bem bonito no céu.

No dia 21 de dezembro, a humanidade presenciou a Grande Conjunção do Solstício de Verão e Inverno.

O solstício é o dia mais longo do ano e marca a transição das estações. No hemisfério sul, sinaliza o início do verão; no norte, o início do inverno. 2020, porém, trouxe algo a mais: pudemos presenciar o alinhamento entre os planetas Júpiter e Saturno. Embora essa conjunção aconteça a cada 20 anos, aproximadamente, há muito tempo os dois planetas não estavam tão próximos um do outro. Muito tempo, mesmo: tanta proximidade foi vista das últimas vezes em 1623 e em 1226. Dessa forma, foi possível, para muitas pessoas, observar os dois planetas — metamorfoseados em dois pontos de luz — justapostos no céu. Por telescópio, se podia apreciar os anéis de Saturno e as listras de Júpiter, bem como enxergar algumas das suas principais luas.

Daqui de São Paulo, não consegui observar o fenômeno diretamente no céu. Mas assisti a *lives* feitas no YouTube e no Instagram. Busquei, também, fotos produzidas por telescópios. Em uma delas, minúsculos corpos estelares — os círculos; as listras; luzes difusas em órbita — fulguravam na mais absoluta escuridão. Céu profundo, disse um dos astrônomos que acompanhei. A simetria entre os planetas me pareceu bela, porque não havia uma intenção, nem vontade, ali. Havia uma força cega e perene. Antiquíssima. Em meio ao vácuo, às radiações, ao frio, ao hidrogênio em fúria alimentando o coração-fornalha das estrelas, uma linha invisível foi desenhada.

A conjunção, por si só fascinante, também abriu as portas do dia e da noite, ajudando na regência das estações. A conjunção se revelou a todo um planeta. Não cobrava ingresso, nem tinha qualquer sala vip. Mesmo que o céu estivesse nublado, mesmo que não houvesse acesso a internet ou a um telescópio, só precisávamos olhar para cima e imaginar.

Quantas pessoas, ao longo da história, não tiveram deslumbramento semelhante? Conjunções e solstícios têm alimentado milênios de narrativas, mitos, rituais. Incontáveis religiões se inspiram na mudança das estações e nos sinais celestes. Especula-se que a Estrela de Belém, aquela que teria conduzido os reis-magos à manjedoura onde nascera Jesus Cristo, talvez tenha sido uma conjunção. Os antigos romanos associavam Júpiter a Zeus, divindade de origem grega vinculada à ordem do cosmos e à justiça. Um dos hinos homéricos dedicados a Zeus, traduzido por Wilson A. Ribeiro Jr., diz: "Cantarei Zeus, o maior e o mais nobre dos deuses, [...] Sê favorável, ó Cronida de grande voz, o maior e mais glorioso!". Cronida: o mito associa Júpiter a seu Pai Saturno, chamado também de Cronos, a personificação do tempo. No passado, pai e filho, Tempo e Ordem, lutaram pelo poder de reger o Universo. Hoje, não há mais luta entre ambos. Nem houve luta no dia 21 de dezembro: a paz dos deuses se mostrava aos nossos olhos humanos geométrica e silente.

A Grande Conjunção me fez lembrar do quanto cada indivíduo é muitos homens e mulheres. No meu rosto e na minha voz falam os milhares de solstícios e alinhamentos estelares; no meu rosto e na minha voz haverá a sombra, igualmente, das pestes. É o escritor argentino Jorge Luis Borges quem nos lembra disso: "Cada um de nós é, de alguma maneira, todos os homens que já morreram. Não só os do nosso sangue". Em meio à ansiedade, à política dos corrompidos e à morte, Júpiter e Saturno me ajudaram a olhar mais além. Compreendi a necessidade da metamorfose. Senti o encerramento de um ciclo e o início de outro. Como nunca, entendi por que certas narrativas são tão importantes. Solitário numa noite quente de dezembro, na maior cidade do país, meu coração se permitiu esperança.

Eu, portanto, ao observar a conjunção, ao pensar nela, nem fugia, nem mergulhava na realidade. Me posicionei em um terceiro lugar. Um intervalo feito de memória, imaginação, imortalidade, fragilidade e tempo.

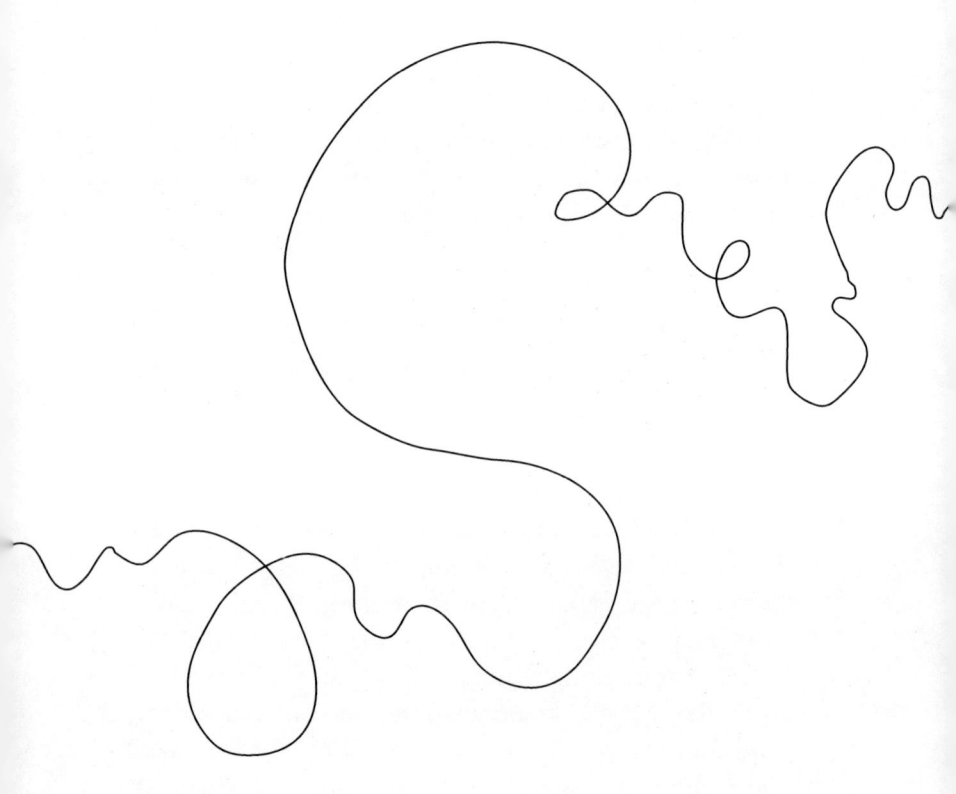

24 de dezembro

Dandara Baçã

Decidi marcar meu último dia de trabalho de 2020 com a minha presença física na repartição. Eu poderia estar em casa e trabalhar à distância mas existem motivos que me fizeram escolher estar presencialmente.

É a insônia, o medo, o cansaço de tantos recomeços, a minha sensação de inutilidade, de item ocioso que pode a qualquer momento ser colocado no quarto de despejo que me move a querer marcar a minha presença física. Tem estruturas dessa sociedade pandemificada que me compelem, uma dessas forças é o racismo estrutural que no meu ambiente de trabalho se transmuta em institucional. A pandemia não mudou esse cenário racista em que nós pretos estamos estrategicamente posicionados como alvos. Tenho medo de ir pro RH, e esse medo tem roubado meu sono. Não basta a pandemia, tem que interseccionar os problemas. Meus problemas interseccionaram nessa pandemia e confluíram num mar de inseguranças e medos. Me sinto assombrada e roubada a todo momento. Uma tortura psicológica promovida por mim mesma.

Esse ano poderia ter sido tanta coisa, comecei tanta coisa, estudei tanto, bordei, fiz cursos à distância, limpei mais a casa, fiz exercícios. Mas o ano termina com inquietações tão 2019. É como se a pandemia fosse mais um problema, mais uma questão. Eu acho que eu não sou a única a pensar que a pandemia se resolve com máscara e álcool em gel. Armada de máscara e álcool em gel se enfrenta a pandemia que fica em segundo plano. Já percebi que nos dados da média móvel do jornal eles nunca falam a quantidade de pessoas que se estima que estão infectados por dia, eles nunca deixam na tela o número de mortos. Deve ser pra não alarmar. Pra deixar tudo aberto. É o comércio. O lucro. Não pode nem fechar o Carrefour, coloca uns guarda-sóis e tá bom.

O que estão fazendo em mim?

As 300 mortes da boate Kiss ainda mexem comigo, assim como Brumadinho, Mariana e Chapecoense. Porque eu tô pensando tanto em ir pro RH ao invés de mais de 180 mil mortes?

Quem me roubou de mim?

Onde tá a Dandara Baçã que se emocionava com mortes inesperadas? Ao invés de ter a pandemia no primeiro plano eu boto a máscara, passo o álcool e foco nas dores loucas da minha mente.

Meus divertidamente mataram a alegria e quem comanda é a tristeza e o medo e de vez em quando eles liberam a raiva.

Medos insanos

Mas hoje ao bater o ponto, meu 2020 de trabalho acaba. Será que o medo de ser colocada no RH vai me seguir até o dia 31 ou até as férias. Será que no meu recesso vão perceber que eu sou dispensável, descartável? Medo, medo, medo

Lembrei agora do medo de morrer e minha esposa não ter condições de me enterrar. Será que em 2021 devo fazer um plano funerário?

Metas 2021:

1. Emagrecer

2. Pagar as dívidas

3. Fazer terapia

4. Pagar um plano funerário?

Será que com meu peso eu posso ser sepultada numa cova comum, em um caixão comum? Não quero muito para a minha morte, não quero endividar Pollyana.

Chega logo vacina!

E pensar que eu fiquei com medo de não conseguirem me entubar, até perguntei pro Victor e pra Carla como eles fariam se fosse difícil me entubar e se eu ficaria sem ar e morreria asfixiada pela covid.

Não consigo mais olhar para o Átila. Desculpa Átila eu te resolvi com máscara e álcool em gel.

E pensar que eu nem gostava tanto de Natal e muito menos de muvuca e agora só penso que a palavra que mais gosto é aglomeração. Quero aglomerar e não quero ao mesmo tempo. Tanta coisa na minha cabeça, tantas inquietações que deve ser por isso que não durmo e as olheiras vieram. Vamos ver o que vai ser desses dingos bells pandêmicos.

30 de dezembro

Paulo Motta Oliveira

É hora de fazer um balanço deste ano estranho. Não foi tão mal. Não tive a covid, o Ernestinho também não, mesmo com a nossa idade avançada. Acho que estaremos vivos quando tudo isto terminar. O Ernestinho brincou: "Se você morrer, passará a vida eterna no Père-Lachaise". Acrescentei: "Como toda a família". Vai ser bom se for enterrado lá. Do lado de casa.

Sem o tio Ernesto eu não teria nascido. Quando o Daniel, irmão da minha mãe, morreu na revolta dos marinheiros em 1936, foi ele que a abrigou, grávida, em sua casa. E, logo depois, foi com ela, com a tia Ermesinda e com o Ernestinho, que tinha um ano e meio, que fugiram. Eu vim na barriga. Ele era amigo do Daniel, ambos comunistas. Ficar em Portugal era muito arriscado. Foi, me disseram, uma viagem complicada, mas os quatro chegaram a Paris. Apesar de ser português, nasci aqui, e faço parte da família Guimarães, por mais que seja um Martins. Ricardo Daniel Martins, ou Rick, como me chamam. Escrevo como se estivesse falando com alguém que não me conhece. Fiz o mesmo nos outros três diários. Um dia, e não vai demorar muito, todos virarão um livro. Foi uma das boas coisas deste ano de confinamentos, organizar os diários. Como, provavelmente, estas páginas estarão no meu livro, tentarei não ser muito confuso.

Escrevi os meus diários em momentos difíceis. O primeiro, eu era ainda criança, foi numa crise pessoal. Comecei quando meu tio resolveu que íamos voltar para a França. Eu praticamente não lembrava de Paris. Quando viemos para Genebra, fugindo da invasão alemã, eu tinha 3 anos. O Ernestinho, dois anos mais velho, lembrava de várias coisas. Nós dois íamos começar a nossa vida itinerante. Já tínhamos começado, mas para mim foi a primeira vez que tive consciência de emigrar. Dei adeus ao Pequeno Lago, às minhas professoras, aos meus colegas. A primeira parte da infância tinha terminado, e foi numa Paris pobre e decadente — mesmo que não tivesse sido bombardeada, os anos de ocupação deixaram as suas marcas — que chegamos. O apartamento do tio Ernesto estava quase inteiro. Era na periferia, do lado do Père-Lachaise, na praça Martin Nadeau, onde havia uma estação de metrô. É onde estou, aqui passamos os dois longos confinamentos deste ano. Ainda bem que, em dezesseis de março, vim para cá. O Charles de Gaulle estava deserto. O Ernestinho, inconsequente, foi me buscar no aeroporto. Eu já disse que ele tem de parar de conduzir, mas adianta? Foi muito bom encontrá-lo, e saber que, mais uma vez, íamos passar juntos um momento difícil. Lembrei dos anos 60, mais precisamente de abril de 1964. O aeroporto era outro, Orly, lá encontramos com o tio Ernesto e a minha mãe, estávamos voltando do Rio de Janeiro. O telegrama deles havia chegado uma semana antes: "Voltem, não corram riscos". Eles haviam vivido situações parecidas. Um golpe militar, mesmo que para restaurar uma democracia teoricamente ameaçada, é um risco. Foi assim que havia começado o longuíssimo governo de Salazar, que, na época, parecia que não terminaria nunca. Eles tinham razão, era o momento de voltar. Eu e Ernestinho tínhamos ido para o Rio para estudar na Universidade do Brasil. O tio Ernesto tinha um primo que morava lá, o Gustavo, que ficou feliz de nos acolher. Nós dois, que sempre usávamos o português em casa, tínhamos vontade de morar num país que falasse a nossa língua. Voltar para Portugal era impossível. No Brasil, Juscelino havia, apesar de todas as tentativas de impedi-lo, tomado posse. Parecia que algo de muito novo ia começar, tínhamos 20 anos, era uma aventura entusiasmante. Minha mãe, tio Ernesto, tia Ermesinda, todos eram favoráveis. Especialmente pois o vice era o Jango. Fomos, foi uma época muito boa. Fui para estudar história, o Ernestinho ciências econômicas. O Rio de Janeiro era lindo, morávamos em Copacabana, o Gustavo tinha um apartamento enorme. Nos entendemos bem, ríamos dos problemas que às vezes tínhamos ao conversarmos, o português não é igual em todos os lugares. Foi nesta época que conhecemos a Helena. Quem poderia dizer, naquela época, que ela e o Ernestinho acabariam por ter um filho e por se casar? Naquela época eu tive muitas aventuras breves. Era novo, num mundo novo, repleto de pessoas interessantes. Terminamos a faculdade, o Ernestinho começou a trabalhar na Petrobrás, que havia sido criada em 1953, eu fui aprovado para ser professor no mais que secular colégio Pedro II. Chegou 1964, aconteceu o golpe. Desde pequenos aprendemos que, em situações como aquela, era necessário sair quando ainda fosse possível. Foi nesta época que comecei o meu segundo diário. Nos tempos felizes não sinto necessidade de escrever. Na época o Ernestinho namorava a Helena, eu estava com o Chico, também professor do Pedro II. Foi difícil para os quatro. Mas não tínhamos como ficar. O telegrama que recebemos só reforçou o que já pensávamos. Largamos os empregos, as pessoas que amávamos, e partimos. De volta ao porto seguro. Para os braços de nossos pais. Teríamos de começar tudo de novo, mas éramos dois, e tínhamos apoio. Foi muito bom termos voltado.

Em maio de 68 estávamos em Paris. De novo, parecia que o mundo estava começando. Eu fazia doutorado na Sorbonne, o Ernestinho tinha um emprego na CFP, que depois se transformou na Total. Foi uma época fantástica. Terminei o doutorado, virei professor do liceu Voltaire, perto de casa. O tempo passava, o Ernestinho tinha mantido contato com a Helena, que havia fugido do Brasil. Tinha ido para o Chile com os pais, e quando o Salvador Allende foi morto, em 1973, conseguiu um visto de refugiada e tinha vindo para Paris. Na época a minha mãe, o tio Ernesto e a tia Ermesinda já tinham morrido. Prefiro não falar sobre isso, foi muito dolorido para nós dois. Eles morreram em menos de três anos, de junho de 1969 a fevereiro de 1972. Quando a Helena chegou, nós morávamos sozinhos, ela veio morar conosco, ou seja, veio viver com o Ernestinho. Eles ficaram juntos por muito tempo, até a morte dela, há cinco anos. Mas só pensaram em se casar depois que o Henrique nasceu.

Nós três tínhamos muita vontade de voltar para o Rio. O nosso sonho quase virou realidade, erramos por 400 km. A ditadura no Brasil estava acabando, era visível. O Ernestinho foi convidado para trabalhar numa firma que iria se instalar em São Paulo e que precisava de um economista francês, com experiência na área do petróleo, e que falasse português. A Helena, que era professora de geografia, conseguiu uma bolsa para estudar na USP. E eu fui contratado para ser professor de história no Liceu Pasteur de São Paulo. Estávamos em 1983, o movimento das "Diretas Já" havia começado. Fizemos as malas, alugamos o nosso apartamento para um amigo, e partimos. Como quase carioca, tinha preconceito com São Paulo. Quando estávamos os três, no Vale do Anhangabaú lotado de gente, no dia 25 de janeiro do ano seguinte, descobri que estava na cidade certa, no momento exato. E a sensação de um mundo novo, que tinha experimentado pela última vez em maio de 1968, voltou. Está certo, o mundo não mudou, e foi um colégio eleitoral que elegeu o Tancredo, que nem chegou a assumir, morrendo e dando o seu lugar para um político da antiga Arena. Mas se o mundo continuou o mesmo, foi a minha vida que mudou, conheci o Antoine. A história se repete, ou sou eu que faço a minha história se repetir. Era meu colega no Liceu Pasteur, professor de matemática. Mas, desta vez, não fui eu que o abandonei, com medo da ditadura, como fiz com o Chico. Descobrimos no ano seguinte, ele estava com Aids. Não sei como eu não tive. Comecei a escrever meu terceiro diário. Foi uma das piores experiências da minha vida. Ainda bem que o Ernestinho e a Helena estavam comigo. Ainda hoje é difícil falar sobre isto. Ele morreu quase três meses antes do Cazuza, em 20 de abril de 1990. Eu estava arrasado. Pouco depois a Helena descobriu que estava grávida. Os dois não queriam que seu filho crescesse no Brasil. Eu não queria continuar na cidade em que o Antoine havia morrido. Voltamos para Paris. O Ernestinho conseguiu um emprego facilmente, eu voltei a ensinar num liceu. O Henrique nasceu, Ernestinho e Helena se casaram, eu fui testemunha. Em 2003, já aposentado, não resisti. O Lula ganhou as eleições, eu queria sentir de novo o gosto de um mundo novo. Pela primeira vez me separei do Ernestinho. E passei todos os últimos anos entre São Paulo e Paris. Depois que a Helena morreu, as minhas viagens ficaram ainda mais frequentes, como as do Ernestinho para o Brasil. O Henrique casou há 8 anos, tem dois filhos, O Ernestinho virou *papi,* eu *tanton.*

Voltemos ao início. Comecei pensando de fazer um balanço deste ano, acabei por falar de toda a minha vida. Este momento estranho me recorda vários outros: o retorno para Paris depois da segunda guerra, o início da ditadura no Brasil e o maio de 68, a epidemia de Aids e a morte do homem que amei. Este ano foi um novo momento de ruptura e medo. Não sei, como não soube antes, o que virá depois. Mas, como disse, saio destes meses em que ficamos encarcerados, com algo de positivo: não falta muito para juntar os meus diários, e terminar um livro. A minha vida é banal, mas tudo o que passei pode, penso, gerar uma narrativa interessante. No fim desta crise que parece sem fim, vou me transformar num escritor? Não será *A peste* de Camus, mas vai acabar sendo um livro sobre várias e diferentes pestes, e de uma esperança um pouco irracional que parece que não morre nunca. Vamos sobreviver.

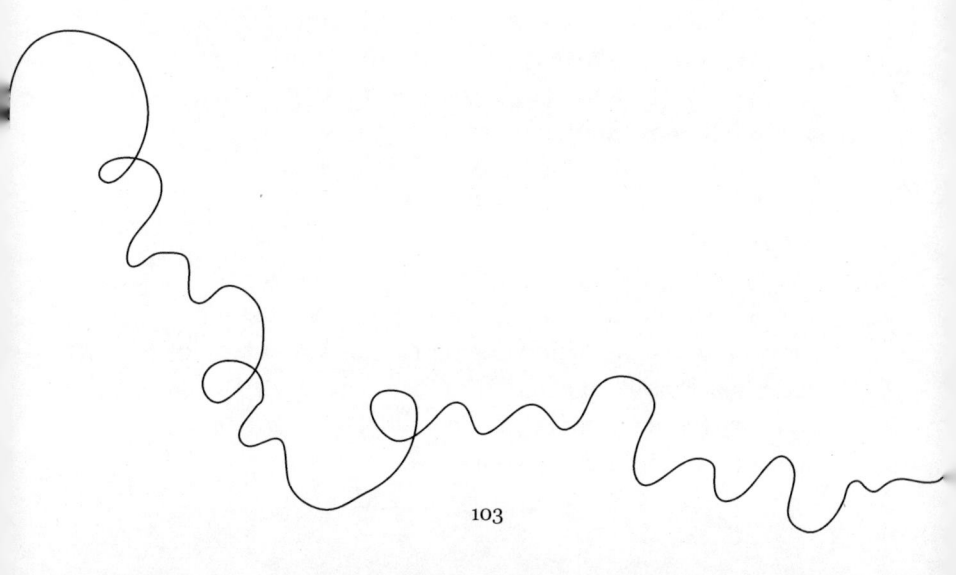

31 de dezembro

Gustavo H. C. Fagundes

Delay da consciência

A escrita em diário é gênero "quimérico" devendo ser prescrito.

(desta autoria)

Soa como um convite para se adentrar os anseios da subjetividade — esquemas intrincados de espirais vibrantes, por vezes indistintos — a escrita em primeira pessoa. Neste *Tempo*. O mais seguro seria acovardar-se em esquemas generalizantes, em que vigorem expressões "estruturais" e "estruturantes", sempre hodiernas para se remeter ao outrora indissociável do instante, nem sempre exatamente 'presente' no Tempo. Antes do *Coronazeit*, certos mistérios corriqueiros do cotidiano faziam-me tecer conjecturas canônicas, circundado por uma doentia ironia que se brotou dos poços tirânicos das convicções. Acerca desses 'mistérios', cumpre à intuição de leitores dos grandes clássicos entrever, porquanto somos proprietários de um arsenal de molduras autoprotetoras variadíssimas e modeláveis, e com elas, circunspectos e de personalidade tergiversa, sorrindo nos cantos dos lábios tencionados aos jargões machadianos, lambuzados de Platão e de Aristóteles e idólatras de Wilde, Mann, Tolstoi, nos posicionamos curiosos para ver.

O dia em questão não foi um dia, precisamente, pois pode-se conjecturar que o tempo subjetivo se desprende de prospecções sensórias, cromáticas e sonoras, das quais espectros interessantíssimos ousam salientar, emergir do nada aparente, figurações atemporais.

3, 45. Pasmos, meus olhos estacaram ante o teto abobadado que, às três da manhã, fitava-me, *circum-esférico*. Cerrá-los seria como causar ranhuras aos íris. Nos últimos dias as coisas iam demasiado indistintas, fazia-se necessário ver, distinguir cousas de coisas. Um ano dilatante para as pupilas agastadas, de tanto que contritas pelo clarão interno: a *união do gosto com a razão*, de que escreveu Kant acerca da satisfação estética alinhada à intelectual. Não pretendo servir-me de temperamento tirânico a fim de manter totalmente obscuro o sentido destas palavras, ainda que o obscurantismo se nos irrompe ao cronotopos, meu intuito preenche as entrelinhas. Tratar-se-ia, entrementes, de um código humanístico com raízes similares às do ideal no *imaginário* renascentista que, segundo uma formulação de André Malraux, tem algo de profano — ao que acrescento —, às bordas da prisca teologia. Explano?

Finalmente acendi a luminária *in vitro*, os olhos nem piscos se atreveram a desfocar. Me ajeitei na cama e tentei reiniciar a novela meta-trágica, tão canônica. Pois que no dia anterior Thomas Mann me houvera causado o mesmo desconforto da primeira leitura: como pode escancarar com tanta verossimilhança a atmosfera cromática do sol nascente, que até então eu julgava, pueril ingenuidade, ser substância de um alumbramento pessoal para com as borbotâncias da natureza?! O despertar de Tonio Kröger no exílio na própria pátria se me afigurou ofensivo, por melhor dizer, invasivo. Na primeira vez que li o referido excerto, mergulhei em desconcerto enorme, a ver que o processo de tornar universal o particular, nesse fenômeno, pareceu-me sobejar os limites da *catharsis*. Fechei o livro, estarrecido, e nem me lembro do quanto demorei para retomá-lo.

3;45. Era impossível!

3;46. Me levantei da cama e entrei no gabinete ao lado. Estava aurífico. À noite nunca apago a luminária dourada: é aprazível contemplar a suavidade do brilho nostálgico que recai sobre as prateleiras, acendendo no peito aquele *souffle au cœur* de ansiedade e aprazimento diante de um enfileiramento de experiências condensadas em obras editadas com esmero, muitas das quais, 'trelidas'. Chamou-me atenção meu reflexo no vidro da janela, banhado à luz clara matizando a figura nédia, impecável. Através do vidro cerrado, passava um rapaz encapuzado, magro, segurava com ambas as mãos as alças de uma mochila escolar, mantendo fixos os olhos adiante. Mais ninguém *outside*. Somente a onipresença permitir-me-ia elencar quantas molduras não se propuseram àquele retrato, e somente ela dar-me-ia argumentos sólidos para a hipótese que conservo de que nenhuma delas angariou relevância para o alvo em questão, salvo para tencionar gatilhos assaz particulares, cada qual a sua maneira. *Edelweiss, Edelweiss...* Tinha em mente. Tão estanque no foco quanto estático o reflexo estava na janela, olhos escancarados, observando-o, seguro em sua convicção ancestral de que os movimentos da exterioridade periclitam de modo ameaçador. Ora, diante se via defensivo não apenas da mítica 'outridade nacional' mas de um anacronismo bizarro. À defesa do quê, exatamente, eu não soube dizer, embora ainda elucubre diariamente. Longe de mim ser leviano, sou relutante de que naquele vislumbre cingiu-se de mim mesmo versões subsequentes em qualquer dimensão linear que se dissipara.

    Sentei-me na poltrona ao lado. Um ano para curar os olhos dos vícios do olhar! Peço vênias para ser impreciso, pois do interior d'o castelo às vezes perde-se a linearidade, anda-se em ciclos, e percorre-se por corredores intermináveis, até que, enfadados, retornamos pelo mesmo curso reto que antes percorríamos afoitos — muito mais estreito que qualquer labirinto — a linearidade do tempo objetivo se nos alastrando.

    4, 00. Preparei meu café e me pus a contemplar a página o *planner* para o próximo dia, o próximo ano. Que também amanheceria assim... 2020.

31 de dezembro

Hélio Plapler

Dia de retrospectiva, não a da Globo porque essa me soa pasteurizada, insossa, mas minha própria percepção do que fiz ou poderia ter feito. Quase um ano hoje. Comecei em março, lembro bem que foi no oitavo dia do mês. A pandemia iniciava, as notícias que vinham da Europa eram alarmantes, as reações das massas e dos padeiros — recuso-me chamar de políticos os manipuladores das massas, lá como cá — eram as mais descabidas.

Nossos seminários foram suspensos, uma pena, pois me obrigavam a estudar assuntos novos e descobrir conexões entre textos e épocas que me eram totalmente desconhecidas. Mas tudo bem, hoje percebi que a viagem pelo tempo e espaço me levaram muito mais longe sob o céu do que supunha a vã filosofia. E assim, como Pampinea se o me tivesse ordenado, ponho-me a relatar de forma estruturada os fatos que à lembrança me retornam.

Vi-me perambulando por ruas ensolaradas de uma vila caribenha, com seus paralelepípedos irregulares e construções coloniais, tal qual Juvenal Urbino fazendo sua ronda interminável debaixo de um calor oprimente e tentando absorver os intrincados meandros textuais com obsessão florentina.

Encarei minha nêmese entre resignado e deslumbrado pelo caráter das personagens e pela imutável bestialidade humana. A realidade da constituição do ser em suas múltiplas facetas, a consciência do Chiron e do Asclépio em mim — obrigado Eliana — foram mais do que eu poderia imaginar obter de uma leitura crua e concreta.

Mas fiquei aliviado ao saber que mesmo em um ano com tantas mortes algumas até próximas de mim a Morte poderia entrar em greve — trabalhadores seja de qualquer labuta uni-vos — e que tantas mortes diferentes seriam tão discordantes entre si a ponto de umas sim outras não decidirem por si só como proceder burocraticamente ou será que a burocracia é a própria morte que retira o encantamento da descoberta e que só é possível no imponderável.

A prosa fácil e caipira de Rosa entreabriu os portões do sertão, da gente simples que também enlouquece, isso não é só coisa de rico não. Também é gente que sofre, de doença e de paixão, de vida vazia, miséria. Matuto com paciência de Sorôco e pestilência de Argemiro e resiliência de Ribeiro.

E do agreste para a Grécia foi um pulo. Espaço e tempo se fundem na tragédia, Filoctetes a purgar as mazelas da humanidade, o ódio, o ressentimento, a mentira e a redenção do ser humano, os valores éticos e morais. Quem somos, afinal, senão uma mescla de Odisseu, Filoctetes e Neoptólemo?

Nada direi da soturna casa morta em si e em suas personagens. Aprendi que a verdade depende de cada um e não pertence a ninguém. A vida segue inexorável, os padrões mudam, a sociedade impõe regras a serem quebradas. Ou não.

O que não quer dizer que não devemos tentar. A doença, embora angustiante, pode ser tratada poeticamente. Que nos digam Verde, Nobre e d'Almeida em verso e prosa.

O mais difícil, no entanto, foi subir a mágica montanha e lá permanecer, porquanto o tempo estático nos impede de enxergar o mundo pelo menos enquanto dura — e como dura! — a leitura arrastada, alimentando um desejo de sofrimento romântico e expondo a eterna imobilidade de quem olha apenas para si.

Alguns, porém, agarram-se teimosamente à vida que lhes resta tentando imaginar a vida de outros, numa frenética procura do sentido da própria morte. Talvez encontre esse sentido no amor eterno, na renúncia aos valores da sociedade em prol do verdadeiro amor. Camélias verdadeiras porém inodoras, substituindo o perfume das rosas que a sociedade apresenta para encobrir suas enfermidades.

Compreendi as nuances dessa sociedade, expostas em cores, humores, tempo e espaço. Sentimentos de insegurança e incertezas sobre o presente e, principalmente, sobre o futuro. Mais que histórias, relatos de vida.

Mas nem tudo está perdido. Pelo menos o tempo perdido pode ser buscado em metáforas vívidas e vividas, ainda que terminem em Veneza, à beira de um mar calmo e ao sol poente.

Hoje, 31 de dezembro, faço essa retrospectiva de um ano da peste.

Local: em casa. Dias decorridos: 299 Dias de encontro: 15 / Contaminação: permanente.

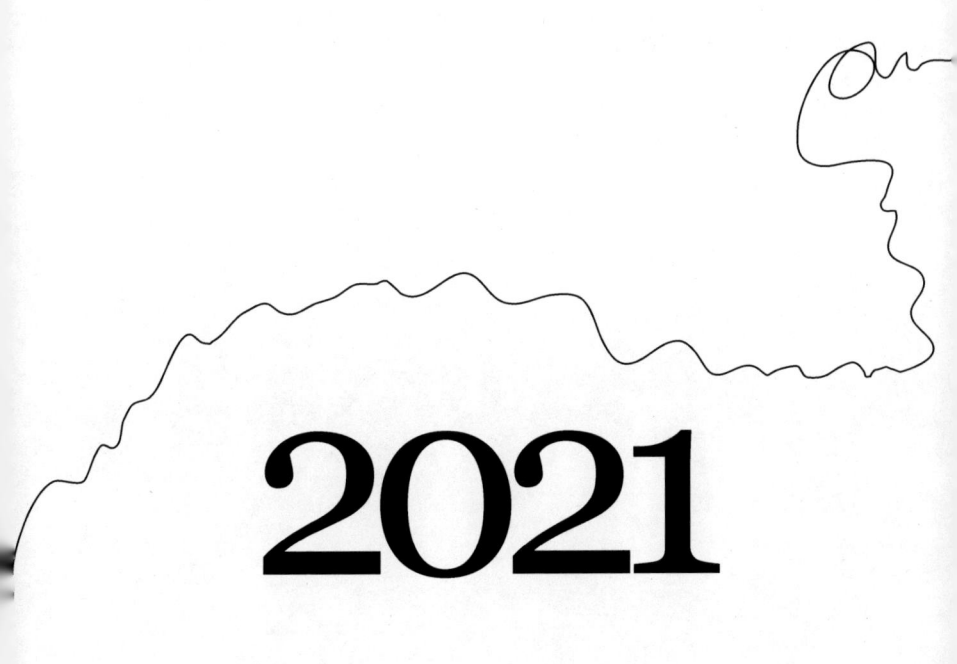

2021

22 de janeiro

Carla Kinzo

Parque da Água Branca

Todas as manhãs, desde que passei a ter coragem de sair, eu a vejo dançar entre os bambus. Hoje ela tinha um leque vermelho, uma aparição. Parei a uma distância segura — não queria incomodá-la com minha curiosidade — e saquei uma foto do celular. Há quase vinte anos, na Fundação Japão, fiz um curso de teatro nô. O desenho do leque no ar, o arco do pé ao deslizar no chão, olhar da direita para baixo, tudo isso é uma gramática: saber da combinação sutil dos movimentos do corpo — anagramas dispostos na epiderme — é saber de uma história que se conta. Fiquei um tempo olhando aquela dança, lembrando. Não dos códigos, que esses nunca aprendi direito. Mas da sensação de expansão que segurar um leque me dava. Todas as manhãs, desde que achei importante sair um pouco com meu filho pequeno, nascido no início da pandemia, coloco-o no carrinho e venho até o bambuzal do Parque da Água Branca. Se tenho sorte, vejo aquela senhora pequena e imensa, sempre de branco e máscara, dançar. Ele deve ter quase setenta anos. Terá filhos? Tento ler alguma coisa daquele idioma antigo, estranhamente familiar. *Luz que atravessa a copa de uma árvore ancestral. O fio do oceano atrás de uma montanha.* Vou inventando, demolindo algumas paredes. Foram muitas desde que tudo isso começou. Não me demoro, não quero incomodar. Além disso, o bebê gosta de movimento, então me ponho a andar com ele na direção do portão. Ninguém se aproxima muito nos dias em que ela vem. Como se seu corpo fosse maior, como se não precisássemos nos aproximar. Mantenha uma distância segura, ela não diz. E hoje ela apareceu com um leque vermelho. *Vulcão adormecido atrás de um olho mágico.* Olho mais uma vez sua imagem, agora fixa no celular; algo nela muda, dependendo do modo como se vê. Me despeço em silêncio, torcendo para vê-la no dia seguinte — e, quem sabe, decidir se ela é um vulcão ou o olho mágico.

09 de março

Silvia Cariola

Querido diário...

Ha!...Ha!...Ha, Que bobagem essa história de diário! Nem quando eu tinha 15 anos, achei isso interessante ou de alguma valia. Na verdade, sempre me senti muito boba escrevendo e conversando com um pedaço de papel. Hoje em dia, então...ninguém escreve diário. É blog, Instagram, onde eu poderia receber inúmeras curtidas e me tornar uma influencer pandêmica de meia idade ou seria influencer de meia idade pandêmica? Curtidas que poderiam me render um Crush...Um *Happy End* na pandemia...um amor em tempos de Covid.

Mas vamos lá!! Minha amiga psico Lú, sempre diz que é importante a gente escrever o que sente e pensa e cá pra nós, tá difícil!! Tá russo!! Tá apavorante!!

Um ano depois do anúncio do isolamento, somos o epicentro da pandemia. O medo do que irá acontecer cresce dentro da minha sala, na mesma proporção em que tomo consciência de que o pior ainda está por vir. Morte, sofrimento, desemprego, fome... Como irei sobreviver? Irei sobreviver? Quem irá sobreviver? Meus amigos? Meu filho? Seria muito irônico que ele tenha escapado da morte há tão pouco tempo, para morrer ... assim? Numa pandemia?...Tenho medo...

 Me lembrei da Anne Frank. Não sobreviveu. Mas resistiu! Suportou o confinamento em um minúsculo quarto e tinha apenas 13 anos. Eu tenho 55! Me encho de esperança! Se ela conseguiu, eu também consigo! Encontro um documentário na Netflix sobre ela. Uma atriz inglesa, cabelos grisalhos, lê o diário da Anne na mesma mesa e quarto onde ela o escreveu. Uma adolescente moderna passeia pelos monumentos da Segunda Guerra e posta fotos no Instagram enquanto se imagina vivendo a vida de Anne. Velhinhas em cenas de flash back em que aparecem nos no campo de concentração, contam desse tempo de infância. Infância? ... A vida esquenta, esfria, mas o que ela quer é que sejamos fortes, Guimarães Rosa me sugere. Sou forte? Serei forte?

10 de março

Rita Aparecida Santos

Salvador

Aqui, onde tudo é silêncio, vislumbro formas e o nada. Posso acionar o *Deezer* e ouvir qualquer canção, porém minhas mãos estão imóveis e o olhar mergulhado no dia que passou. Foi tudo tão depressa. A garotinha com falta de ar, a velhinha na semi-intensiva, o rapaz finalmente entubado. Noutra ligação alguém pergunta se está tudo bem. Ela tem o aniversário do sobrinho às 20 horas. Depois, estudar a prova com a filha. O estado de saúde da garotinha piorou. Surge uma vaga na semi-UTI. Quem a ocupará dessa vez? Quem lá esteve antes? Na varanda, dorme o porquinho da Índia. Onde será o velório? Alguém pergunta se ela comparecerá à reunião. Não há relógio nas paredes da casa. Tudo é silêncio.

26 de maio

Vera Lucia Zaher-Rutherford

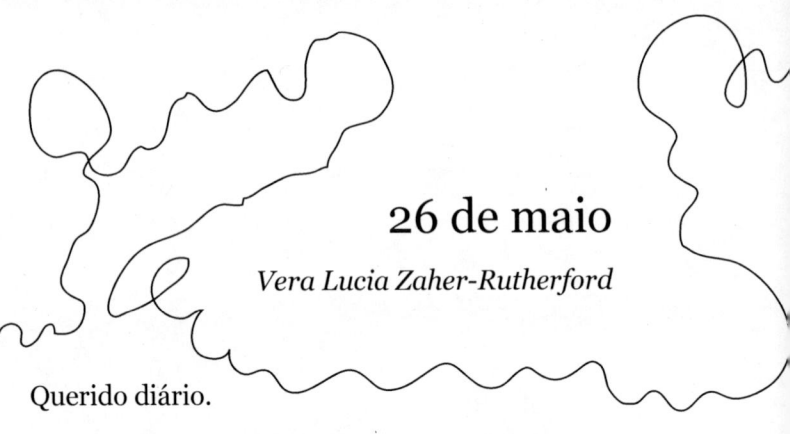

Querido diário.

Justamente agora, no fechamento do dia, em que nada muito especial aconteceu, ou tudo aconteceu, supermercado, plantas aguadas, louça lavada, trabalho, pacientes atendidos, almoço servido, muitos e-mails e *WhatsApp* respondidos e enviados, quando o jantar estava em movimento e a dor nas costas apontando, resolvi sentar e não fazer nada.

Senti frio e ao buscar o cobertor que iria me aquecer o corpo e quem sabe a alma, um pensamento surgiu como um relâmpago — não sei mais viver. Será que algum dia soube?

Queria ser mais do passado, de uma juventude em que via os outros jogando conversa fora, curtindo o cotidiano da vida, das coisas simples do cafezinho da tarde ou quando uma visita aparecia (e que hoje não recebo mais visita espontânea), que eu poderia pensar (mesmo sem querer) em caminhar pelas ruas e olhar as vitrines ou tomar um café acolá, pensar em ligar para um parente ou amigo que não converso há tanto tempo para me sentir em pertencimento com o mundo, enfim, onde foi parar a minha vida?

Lembro-me com carinho da época em que não me assustava o tempo que tinha para ler e o quanto gostava de fazer rituais de leitura com um cobertor por perto, um café ou chá, a "*berger*" adequadamente posta com almofadas. Hoje sinto-me culpada deste mesmo ritual, quando não estou lendo um artigo ou material recebido por *WhatsApp* em que preciso jogar no computador e tentar ler pela tela que tanto me incomoda. O que aconteceu comigo?

Quero voltar a saber viver. É preciso.

A minha alma está me pedindo e o corpo está padecendo.

A vida se esvai e eu a vejo mas não consigo entender o que aconteceu.

Saberei...

30 de junho

Vera Lucia Zaher-Rutherford

As porcelanas de minha mãe.

Nasci ouvindo sobre cerâmicas e porcelanas, "croissonet" e a beleza dos cristais.

Neste 24 de junho resgatei a beleza e os afetos de minha mãe e tias ao revisitar as porcelanas francesas, inglesas, italianas, tchecas, chinesas e a famosa Noritake japonesa.

São lindas, cada uma a sua maneira, forma, debruns, frisos multicores, pétalas delicadas, industrializadas ou não, de uma beleza infinita.

Sou da geração que tinha uma palavra certa para cada objeto como saladeira, boleiro — conjunto de bolo (um prato grande e seis pratinhos para o bolo da tarde) com chá ou café.

Que saudades de minha mãe, o brilho nos olhos ao falar dos utilitários e a curiosidade da execução de cada prato, xícara, travessa, cuia (que hoje as pessoas falam em *bowl*, sem ao menos saber direito o significado da palavra).

E como elas são lindas. Muitas reconheci da minha primeira infância, outras já eram da adolescência, e outras ainda dos anos vindouros. Não reconheci algumas e imaginei que eram de antes do meu nascimento, o que minha tia confirmou serem da época da minha avó. Imaginem, ela faleceu no início da década de 50 e ainda temos pratos daquela época. Peças de museu ou no mínimo antiquários.

E a propósito, nasci numa casa que por si só já era um antiquário pois todos os móveis da casa, da década de 60 foram, na realidade comprados no final da década de 40, pelos meus avós e hoje eles ainda existem firme, fortes e lindos, com um estilo de uma época mas dignos de um museu. Alguns podem pensar que estão obsoletos ou que estão numa casa decadente, de qualidade duvidosa e que os valões afetivos estão parados no tempo enroscados nas memórias do passado, lembrando as feirinhas de antiguidades, tão comuns para os passeios dominicais há uns 20 ou 30 anos atrás. Mas não, são peças e móveis para deleite dos olhos e de uso diário.

Como quero preservá-los, perpetuá-los e penso se neste novo mundo há ainda espaço para isto. Sonho com uma casa de campo que possa abrigar toda uma história, a minha história, a história de minha família, minha vida.

05 de julho [5]

Tatiana Piccardi

Depois de mais de um ano de pandemia, já "acostumada" ao isolamento e ao trabalho remoto, hoje começo a descobrir as respostas a inquietações que nesse percurso vira e mexe aparecem, como: nossa, por que será que a grande maioria de meus amigos não tem demonstrado mais interesse em reuniões virtuais, em *happy hour* ou algo no gênero, para socializar um pouco e matar as saudades? Ou ainda: por que, mesmo com tempo livre, muitos evitam videochamadas, individuais ou em grupo, que no começo da pandemia pareciam uma boa alternativa? Por que as pessoas se queixam de cansaço ou desmotivação no final do dia, ainda que as várias reuniões de trabalho virtuais tenham sido "produtivas", o que antigamente significava terminar o dia satisfeitos, e com um tipo de cansaço "bom"?

Acho que fui me dando conta das respostas conforme percebia em mim mesma os comportamentos que antes pareciam ser dos outros.

Primeiro percebi que nos *happy hours* virtuais não conseguia ficar muito tempo no bate-papo. Depois de uma hora me cansava, o papo ficava sem graça, e acabava inventando uma desculpa para desconectar. Aí parei de dar desculpas, quando vi que alegar cansaço não era deselegante, já que todos sentiam a mesma

---

[5] Nota: este texto, em versão ligeiramente modificada, será publicado na Revista Desassossego, em número especial intitulado "Literatura, artes e doença".

coisa. Foi fácil concluir que se antes, nos barzinhos, éramos capazes de ficar duas, três horas conversando, agora uma hora era o limite.

Pra completar, depois de um dia de reuniões ou trabalhos realizados de forma remota, um *happy hour*, que nos tempos presenciais significava um jeito perfeito de relaxar, agora parecia mais uma obrigação dentro dessa rotina incessante de criar e enviar links do *zoom*, *google meet* ou coisa que o valha, com o objetivo de juntar pessoas. Sim, apenas juntar pessoas. Fui vendo que não se tratava necessariamente de socializar, conviver, muito menos usufruir da companhia alheia.

No trabalho, vi que as reuniões se tornaram, nesse mundo virtual, um mero local de resolução de problemas. De forma bem mais acentuada do que ocorria em reuniões virtuais entre amigos, ficaram de lado nesses encontros o momento do cafezinho, o momento das conversas paralelas, as falas de corredor. Nunca as pautas foram seguidas tão à risca. O resultado em termos de produtividade pode ser até bom, mas a um custo que já começa a se revelar bem alto: a supressão do contato mais abrangente e profundo de uns com os outros.

O cansaço e a desmotivação para os encontros virtuais foram os primeiros sintomas de um problema maior: estou me conformando ao isolamento, ou, em outros termos, me acostumei com a ausência dos corpos. Quase não me lembro de que são os corpos das pessoas que alimentam o afeto e me dão — ou não — o retorno de que preciso. Quase não me lembro de que é a esses corpos — seus cheiros, sua aparência integral e tridimensional, o que vestem, como comem e como se movem, seus trejeitos e manejos, sua textura, seu calor, sua cor, seu batimento cardíaco, seu suor — é a esses corpos que meu corpo responde. Surpreendi-me ao constatar o óbvio: interagimos, de verdade, com corpos, mesmo na esfera "racional" do mundo do trabalho. Somos nossos corpos, e qualquer relacionamento que os suprima em algum momento será frustrado. Assim eu penso, reflexiva que sempre fui. Mas, enquanto reflito, me acostumo à frustração, que vem salpicada de algumas doses de ansiedade, que é o jeito de meu corpo "falar comigo", ainda que eu dificilmente o ouça.

Hoje desliguei o computador pontualmente às 18h, como faço há vários meses. Fechei os olhos e massageei o pescoço dolorido, recém-desperto. Levei alguns segundos para me ver de novo em meu quarto de dormir, e não mais em um escritório que o pano de fundo do zoom caracteriza tão bem. O ato de desligar o computador é o ato de transitar rapidamente da realidade virtual para a realidade real. E a realidade real me dizia que era hora de preparar o jantar de minha mãe.

No caminho da cozinha, aproximei-me da porta do quarto dela, espiando com cuidado para ver se estava tudo bem. Naquele momento, minha mãe cochilava, fazendo uns barulhos estranhos ao respirar. Eu odeio esses barulhos, barulhos da velhice. Minha mãe é uma senhora idosa acamada e muito debilitada, ainda que bastante lúcida para a idade. Olho para seu corpo inerte na cama. Sei que, para ela, o corpo tornou-se uma barreira que se impõe entre ela e o mundo. Em sua imaginação de mundo, sei que sente seu corpo extrapolar fronteiras entre sala e quarto, seu pequeno e grandioso mundo real.

    Fiquei encostada no batente da porta semiaberta por um tempo. Esqueci momentaneamente do jantar. Vi o corpo deitado se afastando da pessoa da minha mãe como se afastaram de mim corpos de amigos, agora virtuais. Era um corpo que se virtualizava, enquanto morria devagar e calmamente. Virtualizar e morrer, estranha analogia, que me ocorreu assim meio do nada. Do nada?

    A tosse seca de minha mãe cortou meus pensamentos e despertou a ambas. Era hora do jantar! Os corpos se impunham, mostrando que ainda não nos faltavam, ao menos por enquanto, ao menos ali, nas fronteiras limitadas e instáveis da nossa casa.

Sobre os Autores

Ana Beatriz Tuma é doutoranda em Ciências da Comunicação na Universidade de São Paulo (USP), mestra em Divulgação Científica e Cultural pela Universidade Estadual de Campinas (Unicamp) e jornalista pela Universidade Federal de Uberlândia (UFU). Sua tese de doutorado se concentra nas intertextualidades entre arte e ciência em narrativas audiovisuais de divulgação científica.

Andrea Funchal Lens é professora e pesquisadora. Doutoranda em Estudos Comparados de Literaturas de Língua Portuguesa da Universidade de São Paulo (FFLCH-USP), com bacharelado e licenciatura em Português e Espanhol pela mesma instituição. Desde 2011, integra o Grupo de Estudos e Pesquisa em Literatura, Narrativa e Medicina — GENAM-USP, com participação na curadoria dos projetos Book Club e do podcast Ciência Poética. Fulbright Scholar nos Estados Unidos em 2015-2016.

Andrea Mariz de Medeiros Girardi, bacharel em Fonoaudiologia pela Universidade de São Paulo (1997), Licenciada em Letras (2009) e Pedagogia (2021) pelo Centro Universitário Claretiano, Pós-Graduação Lato Sensu Especialização em Linguística e Língua Portuguesa pelo Centro Universitário de Araraquara (2015) e Pós-Graduação Lato Sensu Especialização em Educação Especial e Educação Inclusiva pelo Centro Universitário Internacional UNINTER (2017). Fonoaudióloga Educacional há 20 anos trabalhando na rede pública por uma educação básica de qualidade e inclusiva.

Andressa Petinatte, graduada em Publicidade, Propaganda e Criação pelo Mackenzie e estudante de Psicologia pela FMU, é criadora de projetos de conteúdo e experiência e trabalha no desenvolvimento de ecossistemas de inovação para empresas em Portugal.

Angela M. T. Zucchi graduou-se em 1992 em Letras — português/espanhol/italiano pela FFLCH/USP, fez Pós-Graduação *lato sensu* e *stricto sensu* nas áreas de ensino de línguas e linguística. É docente no DLM/FFLCH/USP desde 2004 e ministra disciplinas de italiano e de tradução. Apaixonada pelo conhecimento, pelas artes e literatura, acredita que essa tríade garante a (con)vivência humana.

Carla Kinzo nasceu em São Paulo. Publicou *Satélite* (Quelônio, 2019 — II Edital de Publicação de Livros da Cidade de São Paulo), *Eslovênia* (Megamíni, 2017), *Cinematógrafo* (7Letras, 2014), *Matéria* (7Letras, 2012 — ProAC Publicação/2011), o infantil *Grão* (Pólen, 2015) e a plaquete *Marco zero* (nosotros editorial, 2018). É doutora em Estudos Comparados de Literaturas de Língua Portuguesa pela USP, dramaturga e atriz.

Carlos Eduardo Pompilio é médico e doutor em Medicina pela Faculdade de Medicina da Universidade de São Paulo (FMUSP). Instrutor de Clínica Médica na graduação da FMUSP. Coordenador médico do GENAM - Grupo de Pesquisa em Literatura, Narrativa e Medicina (USP).

Cristhiano Aguiar é escritor e professor. Mestre em Teoria da Literatura pela Universidade Federal de Pernambuco e doutor em Letras pela Universidade Presbiteriana Mackenzie, atuou como pesquisador visitante na University of California, Berkeley, nos Estados Unidos. Atualmente, é professor do Programa de Pós-Graduação em Letras da Universidade Presbiteriana Mackenzie. Seus textos foram publicados nos Estados Unidos, Inglaterra, Argentina e Equador. Mantém uma coluna na Revista Pessoa.

Dandara Baçã. Sobrevivente da pandemia, antes dela se tornou bibliotecária, mestre em saúde coletiva e trabalhadora no Ministério da Saúde. Na pandemia já estudou duas línguas, terminou séries curtas na Netflix e aprendeu a bordar. Fez um instagram para a sua filha Tulipa, uma buldogue inglês com quem ela divide o homeoffice.

Davina Marques. Graduada em Letras (Português e Inglês) e Pedagogia, mestra em Educação pela Universidade de Campinas e doutora em Letras pela Universidade de São Paulo, é docente no Instituto Federal de Educação, Ciência e Tecnologia de São Paulo, no Câmpus Hortolândia. Integra o GENAM - Grupo de Pesquisa em Literatura, Narrativa e Medicina (USP); o Humor Aquoso, do OLHO - Laboratório de Estudos Audiovisuais (UNICAMP); o GEPLES - Grupo de Pesquisa Grupo de Estudos e Pesquisas em Linguagem, Ensino e Sociedade (IFSP-HTO); e o NEABI - Núcleo de Estudos Afro-brasileiros e Indígenas (IFSP).

Denise Stefanoni. Graduada em Psicologia, com doutorado em Saúde Coletiva e pós-doutorado em Bioética. Seus principais temas de estudos e trabalho são Psicologia da Arte, Cuidados no final da vida e Bioética narrativa. É autora e organizadora do livro *Abraços ausentes — contos sobre morte e luto,* lançado em 2020, pela editora Letraria (www.letraria.net). É escritora voluntária do Memorial Inumeráveis (www.inumeraveis.com.br).

Fabiana Buitor Carelli é professora associada livre-docente de Estudos Comparados de Literaturas de Língua Portuguesa da Universidade de São Paulo e coordenadora do GENAM-USP (https://fbcarelli.wixsite.com/producoesgenam). É autora de *Pode o subalterno pensar?* Literatura, narrativa e saúde em português (Editora CRV, 2020), *Na saúde e na doença*: fronteiras entre humanidades e ciência (Editora CRV, 2020), *Texto e tela*: ensaios sobre literatura e cinema (FFLCH, 2014), *Escrito* *nas estrelas: astrologia védica no dia a dia* (Editora Rocco, 2010), além de contos e poemas em antologias diversas e artigos acadêmicos em periódicos nacionais e internacionais. É produtora e apresentadora do programa Book Club do GENAM e do *podcast* Ciência Poética (https://tinyurl.com/833ata83), tradutora e ilustradora.

Fabiana Prando vive uma história de amor com as narrativas. É leitora, contadora de histórias, escritora e mestra em Letras pela USP. Ativista do imaginário, acredita que a menor distância entre duas pessoas é uma história. É autora do jogo narrativo Trickster (www.trickstermania.com e @tricksterojogo — Instagram e Facebook), produtora e apresentadora do canal Fabulana — https://www.youtube.com/c/Fabulana/featured https://open.spotify.com/episode/3g32FxhbUWh6gKoQRwscvA?si=-d7b880af3631452d.

Gustavo Henrique Carvalho Fagundes, aluno de graduação em Letras (Grego / Português) da Faculdade de Filosofia Letras e Ciências Humanas da Universidade de São Paulo. Concluiu um estágio de pesquisa de iniciação científica no âmbito da teoria museológica e da curadoria, e, atualmente, se dedica a uma agenda de pesquisa sobre a arte da fisiognomônia na Grécia Antiga, mediante o estudo e a tradução do tratado pseudo-aristotélico Physiognōmoniká.

Hélio Plapler é médico cirurgião, professor titular (aposentado) livre-docente do Departamento de Cirurgia da Escola Paulista de Medicina — Universidade Federal de São Paulo. É autor de *Na saúde e na doença*: fronteiras entre humanidades e ciência (Editora CRV, 2020), *Relatos da quarentena* (Editora Autografia, 2020), além de artigos acadêmicos sobre literatura e medicina no Brasil e no exterior.

Henrique Moura. Doutorando em Estudos Comparados de Literaturas de Língua Portuguesa (FFLCH-USP), com pesquisa sobre literatura e cinema, é mestre pelo mesmo programa, bacharel e licenciado em Letras (USP), com período de intercâmbio no México. Publicou o romance "Na pressa da cidade" (2017) e participou de antologias de contos. Atualmente, apresenta e edita o "Cinematógrafo: um podcast sobre cinema brasileiro".

José Belém de Oliveira Neto é um entusiasta do papel fundamental das humanidades, em especial as Letras & Linguística, nas ciências da saúde. Atualmente, é tradutor no Hospital Israelita Albert Einstein — onde colabora como professor de Inglês para Fins Acadêmicos, mestrando no programa de Estudos Linguísticos e Literários em Inglês da Universidade de São Paulo (USP) e monitor do Laboratório de Letramento Acadêmico (LLAC) da USP.

Ligia Bruni Queiroz Médica, psicanalista, mestre, doutora e pesquisadora pela FMUSP. Mãe da Gabriela e do João; amante das artes, da poesia, da música, da dança e da literatura. Durante a clausura, o aconchego da família, a cozinha amorosa compartilhada com a minha filha e os encontros do Book Club foram valiosos para ressignificar os dias.

Liliane Oraggio é jornalista, terapeuta corporalista, pesquisadora da interface entre Saúde e Comunicação e mestre em Ciências da Saúde pela Unifesp-Campus Baixada Santista.

Lucélia Elizabeth Paiva é paulistana, gosta de passear, dançar, sol, praia... É filha, irmã, amiga e mãe de duas meninas lindas. Trabalha há mais de 30 anos como psicóloga clínica, com atuação em situações de crise, perdas, morte e luto, assim como em emergências e desastres. Atualmente é membro do conselho consultivo da Associação da Pedagogia de Emergência no Brasil e docente no Centro Universitário São Camilo, como supervisora de estágios na clínica psicológica e em Psicologia Hospitalar. Mestre em Ciências (Área de concentração: Oncologia), pela Fundação Antônio Prudente (Hospital AC Camargo), estudando a relação do médico com a morte e Doutora em Psicologia, pela USP, com a tese que foi publicada sob o título "A arte de falar da morte para crianças". Trabalha com a narrativa, especialmente com a literatura infantil, como recurso terapêutico (com crianças, adolescentes, adultos e idosos) e com atividades de expressão criativa. Tem se dedicado aos estudos relacionados à Biblioterapia, Storytelling e Medicina Narrativa, com ênfase em temas existenciais, inclusive a morte e o luto.

Milena David Narchi é psicanalista, Membro do Departamento de Psicanálise do Instituto Sedes Sapientiae com especialização em Psicossomática. Possui pós-graduação em Cuidados Paliativos pelo Hospital Sírio-Libanês. Atua em consultório e é psicóloga do Instituto Dante Pazzanese de Cardiologia, responsável da equipe de Cuidados Paliativos Adulto e Pediátrico e do setor de Pediatria.

Paulo Motta Oliveira é Professor Titular da Universidade de São Paulo, bolsista do Conselho Nacional de Des'envolvimento Científico e Tecnológico e pesquisador associado do Centre de Recherche sur les Pays de Langue Portugaise (CREPAL). Pesquisa, principalmente, a literatura portuguesa do século XIX e do início do XX, bem como as relações entre esta e outras literaturas do período, em especial as literaturas de língua portuguesa. a literatura francesa e a espanhola.

Rita Aparecida Santos é professora de Literatura na Universidade do Estado da Bahia, diretora da Cátedra Fidelino de Figueiredo — IC/UNEB, coordenadora do Grupo de Pesquisa Outras Palavras em Saúde: Narrativas e Humanização, parceria UNEB/Escola Bahiana de Medicina e Saúde Pública.

Rosely F. Silva é doutoranda em Literatura Portuguesa pela Faculdade de Filosofia, Letras e Ciências Humanas da USP, mestra em Filosofia (2014) e bacharela em Letras: Português/ Grego Clássico (2008) pela mesma faculdade. Licenciada em Filosofia pela Faculdade de Educação da USP (2015). Atua principalmente nos temas: estudos literários, hermenêutica, ética e poética aristotélica, responsabilidade e herói trágico, com ênfase em Poética, Estética e Ética.

Samara de Moura Martins, paulista, em 2017 ingressou no curso de Letras na Universidade Federal do Mato Grosso Sul onde aflorou grande admiração por literatura e pelas histórias reais vividas pelas pessoas. No ano seguinte, mudou-se para o Paraná com a família e iniciou os estudos em Ciências Contábeis na Universidade Estadual de Maringá, curso no qual se sente feliz e pretende se formar.

Silvia Cariola. Mãe, filha e irmã. Amante, amiga e escutadora. Fonoaudióloga de formação. Escrevendo pelo coração. Aqui, arrisca-se a se mostrar, a se soltar, pois dessa vida se leva. Nada além de emoção.

Simone Ferreira Lima Leistner. Apaixonada pelos livros, graduou-se em Letras e especializou-se em Saúde Pública. Mentora de escrita, mediadora de leitura e pesquisadora do Grupo Narrativas em Saúde-GHC. Escritora em construção, buscando expressão por meio de contos, poesias e o que mais aparecer pelo caminho. Empregada pública, fez do espaço entre educação, saúde e literatura um ponto de conexão para acolhimento e troca de saberes. Vive em Porto Alegre-RS com a família, rodeada de amigos e narrativas.

Tatiana Piccardi é doutora em Letras, professora e pesquisadora no IFSP (Instituto Federal de Educação, Ciência e Tecnologia de São Paulo), membro do GENAM--USP (Grupo de Estudos e Pesquisa Literatura, Medicina e Narrativa) e cofundadora e voluntária da AHPAS (Associação Helena Piccardi de Andrade Silva), instituição de apoio a crianças e adolescentes em tratamento de câncer e suas famílias. Seu sonho é viver à beira-mar e, quem sabe, escrever algumas histórias para leitores amigos, sendo o conto aqui apresentado um breve e tímido exercício.

Vera Lúcia Zaher-Rutherford é médica, psicóloga e psicanalista. É mestre e doutora pela FMUSP (Faculdade de Medicina da Universidade de São Paulo). Atua no Hospital das Clínicas em Bioética e Saúde Mental. Trabalha com assessoria e consultoria em Bioética, Saúde Mental e Trabalho. É membro do GENAM-USP (Grupo de Pesquisa e Estudo em Literatura, Narrativa e Medicina da Universidade de São Paulo) desde 2015.

"Do que restou, como compor um homem

e tudo o que ele implica de suave,

de concordâncias vegetais, murmúrios

de riso, entrega, amor e piedade?"

"Amor começa tarde."

(Carlos Drummond de Andrade)

Ilustradora: Fabiana Buitor Carelli, 2022

Texto/Capítulo	Título da Ilustração
Apresentação - Fabiana Buitor Carelli	Flores para Afrodite
E foi assim que tudo começou... - Lucélia Elizabeth Paiva	Cidade

2020

Texto/Capítulo	Título da Ilustração
19 de março - Fabiana Corrêa Prando	Inferno
21 de março - Ana Beatriz Tuma	Cegueira
02 de abril - Milena David Narchi	Corona
02 de abril - Andressa Petinatte	Faixas
27 de abril - Andrea Mariz	Café
01 de maio - Vera Lucia Zaher-Rutherford	Saquinho de chá
04 de maio - Henrique Moura	Televisão
07 de maio - Carlos Eduardo Pompilio	Puerpério
17 de maio - José Belém de Oliveira Neto	A-Live
24 de maio - Fabiana Buitor Carelli	Barba Azul
	A chave
02 de junho - Angela M. T. Zucchi	Book Club
06 de junho - Lígia Bruni Queiroz	Los ríos profundos
26 de junho - Rosely F. Silva	Em junho
27 de junho - Samara de Moura	Cabelo
15 de julho - Simone Leistner	Equipe
08 de agosto - Denise Stefanoni	Pães e pedras
28 de setembro - Davina Marques	Fúria Roja: chão
03 de dezembro - Andrea Funchal Lens	Caiu!
09 de dezembro - Liliane Oraggio	Cesto
18 de dezembro - Davina Marques	Bicicleta
21 de dezembro - Cristhiano Aguiar	Luneta
24 de dezembro - Dandara Baçã	Dingo Bell
30 de dezembro - Paulo Motta Oliveira	RJ
31 de dezembro - Gustavo H. C. Fagundes	Edelweiss
31 de dezembro - Hélio Plapler	Sunset

2021

Texto/Capítulo	Título da Ilustração
22 de janeiro - Carla Kinzo	Vulcão atrás do olho mágico
09 de março - Silvia Cariola	Epicentro
10 de março - Rita Aparecida Santos	Salva-dor
26 de maio - Vera Lucia Zaher-Rutherford	O corpo passa
30 de junho - Vera Lucia Zaher-Rutherford	Porcelana da China
05 de julho - Tatiana Piccardi	Batente

Exemplares impressos em offset sobre papel cartão LD 250 g/m² e Pólen Soft LD 80 g/m² da Suzano Papel e Celulose para a Editora Rua do Sabão.